疼《うず》くひと

Hisako Matsui

松井久子

中央公論新社

疼《うず》くひと

とどのつまりが、自分をどこまで解き放てるか。
あるがままの自分の、完全なる自由。
それが、いつの頃からか彼女が求めるようになったものだ。
常識、社会的な規範、世間の眼、愛する者たちの願い、そのときどきの美学……。
いずれにも頓着《とんちゃく》せず、私自身でいること。
それは、人生におけるいちばんの価値を、孤独におくことでもある。

1

白木のまな板の上に、薄くそぎ切りにした刺身用の鯛を十枚ほど並べて、塩をふっておく。次に、昆布を二枚、二十センチほどの長さに切って、酢で湿らせた布巾で両面を丁寧にぬぐう。

壁の時計はもう午後九時を回っているが、燿子《ようこ》は、こうしてひとつひとつの手順のどれも省略せず、丹精こめて、且《か》つ手速くする料理の時間を大事にしている。

食べたいものを、食べたいときに。誰のためでもなく、自分のために。

料理をする時間も、食べるタイミングも、世間的なルールからは外れていても、己の内からの欲求に従ってつくり、ひとり気ままに味わう食事。

それが、唐沢《からさわ》燿子が七十歳を目前に手に入れた、かけがえのない時間だ。

昆布の板の上に、鯛のそぎ切りを並べていたとき、スマートフォンが鳴った。

親友の広田繁美《ひろたしげみ》からだ。

燿子は、抜き取ったキッチンペーパーで指をぬぐうと、スマホをカウンターに置いたまま、着信とスピーカー、二つのボタンを同時に押した。

「お久しぶり。生きてた？」

繁美の一オクターブ高い声が部屋中に響きわたって、燿子は慌ててスマホを手に取り、音量を低くした。

「一昨日《おととい》話したばかりじゃないの。今、料理中なのよ」

と、ぶっきら棒に答えるこちらも相変わらずだ。

別に不機嫌なわけではないが、近頃は、一日中誰とも話をせずに過ごす日が多いので、最初に出る声は、いつも喉《のど》に何かが引っかかったようなダミ声になってしまう。

「こんな時間に料理なんて。いったい何を作っているの？」

「鯛の昆布〆」

「昆布〆？　それを手間暇かけて作って、今日もひとりぼっちで食べるわけね」

繁美は、愛情と同情が入り混じった声で言うと、すぐに用件に移った。

「あのね、夕方潤《じゅん》ちゃんからラインがあったのよ。百か日が終わってやっと落ち着いたから、皆で会いたいって」

「そう言えば、香典のお返しが来ていたね。私もそろそろと思っていたとこよ」

「それでね、美希子《みきこ》とも話したんだけど、燿子の誕生日が近いでしょう。集まるなら、皆で古希のお祝いということにしない？　そのほうが潤ちゃんも気が楽だと思う」

「誕生日？　そんなの、祝うことでも何でもないわ。それに古希だなんて。やめようよ、そういうの」

「やっぱり。燿子はそういう年寄り臭いことが嫌いだから、反対すると思った。まあ何でもいいから、とにかく会おうということになって。日にちはまず、いちばん忙しいあなたに聞いてみることに」

長くなりそうな言い訳を遮《さえぎ》って、

「お祝いとかはやめようね。潤を励ます会でいいじゃない。それに、今の私はぜんぜん忙しくないの。日にちは三人で決めてもらったら、いつでも合わせられるわ」

燿子がたたみかける。

「わかった。それじゃあ、また三人で相談するね」

昔からせっかちな繁美は、あっという間に電話を切っていた。

燿子と繁美、そして美希子と潤の四人は、ともに通った東京下町の都立高校で、いつも一緒に行動した、仲のいいグループだった。

同じ学び舎で机を並べた彼女たちとも、高校を出て早や半世紀。思春期にはさしたる違いのなかった少女たちも、卒業後それぞれの道に進むと、四人の女の人生と境遇は大きく違っていった。

子育てや仕事に追われていた頃は滅多に会うこともなく、燿子にはそのときどき、繁美たちよりも価値観が合い、深い話もできる友達が何人もいた筈《はず》だった。が、そんな人たちとも今は疎遠になって、再び高校時代の四人組がいちばんの友達になっている。

仕事の場で出会った人たちには、やはり無理をしていたのだろうか？　自分を偽ったり、装ったりしていたのだろうか。

繁美たちといるときは、それがなかった。ありのままの自分でいられる、気の置けなさが心地いい。

そうした気持ちの変化も、迫りくる老いのせいなのかもしれない。

高校生の頃、四人の中でもいちばん引っ込み思案で、影の薄い存在だった唐沢燿子が、社会の一線で働く女になり、結果バツイチ、子ども一人。ついこのあいだまでテレビドラマの脚本家として、グループの誰よりも華やかな世界で活躍していた。

広田繁美は、高校時代から皆のリーダー的存在だったが、高校を卒業と同時に丸の内の大手企業に就職して、職場結婚をした。

夫の健介《けんすけ》は、その一部上場企業の役員を七十代半ばになった今も続ける、現役のエリート・ビジネスマンだ。授かった三人の子は皆優秀で、それぞれ家庭を持って巣立っていき、今、五人の孫に恵まれた繁美は、四人の中の誰よりも安定した人生を送っている。

いちばんの秀才だった武田《たけだ》美希子は、高校を出たあと国立大学に進学し、子どもの頃からの夢だった中学教師になった。

三十代のはじめに先輩教師と恋に落ちて以来、ずっと独身を通してきた。その青柳《あおやぎ》先生との不倫の仲が、もう四十年近く続いている。

グループ一の美人で、教室のマドンナ的存在だった杉崎《すぎさき》潤は、卒業後美大に進み、大学の同級生だった画家と結婚した。

あれだけ望んだ子どもに恵まれなかった彼女は、四十を過ぎた頃、自宅の近くに店を借り、夫婦で始めた画廊喫茶をつつましく営《いとな》んできた。

ところが半年ほど前、突然、夫の孝之《たかゆき》が末期のすい臓癌《がん》と診断され、あっという間にこの世を去ってしまったのだ。潤は葬儀の後、夫がこよなく愛した店を今後も守っていくつもりだと、気丈に燿子たちに語っていた。

これで四人のうち、伴侶と番《つがい》で生きているのは、繁美ひとりだけになってしまった。

燿子は、高校時代のあの頃を振り返って、改めて思うのである。

「女の人生は、最初に出会った男によってきまる」ということを。

そして「女の人生の転変には、つねに愛の問題が絡んでいる」ということも。

古希か……。

皿にのせた昆布〆にラップをかけて、冷蔵庫に入れながら、燿子は考える。

「酒債は尋常行く処に有り　人生七十古来稀なり」

酒代のツケは、自分が普段行くところにはどこにでもある。しかし七十年生きる人は、古くから稀であるという、たしか杜甫《とほ》の詩から取られたのだっけと独りごち、「そんなもの、今では稀でも何でもないわ」と、心で悪態をついた。

最近は、人生百年時代などと言われ、杜甫の時代に比べれば、健康寿命も格段にのびている。渋谷や表参道ならいざ知らず、日本じゅう何処《どこ》に行っても、街を歩いているのはひと目で七十代、八十代とわかる老人ばかりだ。

当事者となった身にすれば、七十歳など、まだまだ社会の第一線で活躍できる歳ごろだ。中国の、しかも二千年近くも前のモノサシがいまだに使われているなんて、おかしいではないか、と抗議したい気持ちにもなるのだった。

思えば六十歳になった頃は、自分の認識と世間からの扱われ方のギャップが大き過ぎて、「還暦祝い」も「赤いちゃんちゃんこ」も、ジョークとして笑い飛ばすことができていた。が、あれから十年が過ぎた今は、「古希」と言われただけでこんなにも心が塞《ふさ》ぎ、その現実を受け入れ難《がた》い気持ちになっている。

ならばこの疎外感も、自身が「老い」を実感している証なのかもしれない。

実際、燿子はひとり暮らしのなかで、昨日できていたことが今日はできなくなったと思うことが多くなった。

たとえば、月に一度宅配便で届く、十二リットル入りの天然ミネラルウオーターの重いプラスチック・ボトルを、ウエストほどの高さのサーバーにセットするのも大変になっている。また、天井の蛍光灯の寿命が来て、チカチカと点滅し出したときなど、あの大きな丸いカバーをどうやって外し、新しいのに取り替えたらいいのかと、途方に暮れることもある。買い物帰りの重い荷物が辛《つら》くなったし、坂道を歩けば息切れするしと、挙げればキリがないほど立派に老いを自覚しては、不安のよぎる日々なのだ。

だから誰からにせよ、古希など祝って欲しくないし、世間からもことさら「老人」というカテゴリーに入れてもらいたくない。

この過敏な感情は、はじめて経験するものだった。

書店に堆《うずたか》く積まれた雑誌や、日々の騒がしいテレビ番組、どれを見ても女性の価値は「若い」と「可愛《かわい》い」で溢れている。男たちの金儲けのために恋愛さえ禁じられて、歌い踊るアイドル・グループの姿を痛々しく眺めては、心塞ぐこともしょっちゅうだ。

それにしても、どうして日本の男どもは、女性を年で選り分けるのか。

ドラマの裏方だった自分は、局の女子アナのように若さや年齢で選別されることはなかったが、組織で働く女性たちが、日本ならではの「男社会」に苦しめられているのを、嫌と言うほど見てきた燿子である。

離婚後に、年齢よりも才能がものを言う職業を選んだのも、それを知っていたからだ。

それでも、脚本家として高い評価を得た五十代になると、「先生」と呼ばれる陰で、「怖い」や「煙たい」という形容詞が何かとついて回った。

六十代を迎えると、「唐沢燿子はもう古い」と言われることが多くなった。その後、御用済みとなるまでの時間は、坂道を転げるが如《ごと》く、あっという間の短さだった。

実際、少子高齢化の逆ピラミッドの時代が進むにつれて、かつてあれだけ輝いていた団塊の世代は、日に日に肩身の狭い立場に追いやられている。

ついこの間も、海外で十代の若者たちが「OK Boomer」と叫んでいるとの報道に、暗澹《あんたん》たる気持ちになったばかりだ。

考えてみれば、半世紀前の燿子たちも、大人たちに異を唱える世界じゅうの十代のなかの一人だった。あの頃、若者たちの抗議の矛先は、ひとえに国家や権力に向かっていた。

だが、今は違う。

若者たちが、「ベビー・ブーマー世代は黙っていろ」と公言して憚《はばか》らない世の中になって、彼らが敵視するのは、権力よりも、市井で一生懸命生きてきた高齢者たちだ。

年寄りがこれほどまで生き難い時代が、かつてあっただろうか。

最低あと二十年は生きなければならないのに、この疎外感は何なのだろう。

そういえば昔、作家の横光利一《よこみつりいち》だったか、「初めて年をとった価値がわかってきた。非常に新しくなってきた。年をとるのも新しさだ」と語っているのを読んだことがある。

そのときの横光はまだ五十前。そして胃潰瘍を患《わずら》った直後、終戦の翌々年に亡くなったのだった。

「年をとるのも新しさだ」とは、自らの死を予感しての思いだったのか。

自分は、横光より二十年も長く生きながら、僻《ひが》みと疎外感のあわいを、未《いま》だ彷徨《さまよ》っている。それを情けなく思うこともある。

私も何か、新しさを発見しなければ……。

一方で、燿子は最近、人生の仕舞い支度について考えることが多くなった。ひとり暮らしも長くなると、自分が死んだ後のため、いかに身辺整理をしておくかが、喫緊のテーマにもなっている。

燿子は、数年前に九十五歳の母親をおくったとき、亡き母の引き出しや文箱に大事に仕舞われた、夥《おびただ》しい数の手紙や日記類を見つけて、驚き、呆れたものだった。

こういうものを、母は死んだ後、娘たちに読んで欲しかったのだろうかと考えると、とてもそうは思えなかった。もし母が、晩年認知症になどならず、自分の死期を予測できていたら、それらの品も早めに始末していたことだろう。

潤は、夫の孝之をおくったとき、遺品の中に、妻の自分が知らなかった夫の過去を見つけただろうか。もし彼が、他の女からもらったラブレターなどを残していたとしたら、いったい彼女は何を思っただろう。

そんなことを想像しては、娘の紗江《さえ》に読まれたくないものなど、断じて残しておきたくないと、燿子は自分が大事にしていた過去のさまざまな品を、なるべく早く処分しておこうと心に誓った。

が、未だそれも実行できぬまま、一日延ばしになっている。

ただ、自分の死後に紗江が困らないようにと、マンションの権利書は何処、貯金通帳と実印は何処と、大事なことはすべて一枚の書類にして、半年ほど前に渡しておいた。

「私が死んだら、パスワードでロックされているパソコンやスマホのデータは、一切読まずに消して頂戴。それだけは約束してね」

とも、固く伝えてある。

自分の生きてきた人生の軌跡が、死とともに跡形もなく消えること。

それもまた、老いのときを迎えての、燿子の願いのひとつである。

2

その夜、冷蔵庫で寝かせておいた鯛の昆布〆を、温かいご飯に乗せて浅葱《あさつき》とわさびと白ゴマを添え、ぬる目のお茶を注いでできた鯛茶漬けに、あとは漬物だけの夜食を済ませると、一日の最後の日課に取りかかった。

三ヶ月ほど前から、アルト・サックスを習い始めたのだ。

燿子は子どもの頃から、習いごとというものをしたことがなかった。いつか余裕ができたら、好きなことを見つけてと、誰もがしている趣味のお稽古ごとを「長年の夢」のように考えてきた。

そして、仕事に追われることのなくなった今、不安から逃れるように始めたのがサックスだった。いろいろ考えて、ジャズが好きなのと、肺活量を維持するために選んだのだ。

何をするにも凝り性の燿子は、サックスを始めるにあたって、納戸として使っていたマンションの一部屋を、防音室に改修したほどで、週に一度、横浜の先生のところに通うのも、こうして家で練習するのも、新たな仕事のつもりでやっている。趣味と考えると後ろめたさがつきまとうが、仕事と思えば打ち込める。そんな性分が生来のものなのか、ずっと働きづめだったからかはわからない。

まだ、やっと音階が吹き分けられるようになった程度だが、その夜も二十分ほどの練習を済ませると、ゆっくりと風呂に入り、ベッドに潜り込んだ。

本を読む前に目覚ましをセットしようと、仰向けでスマホを手にして、待ち受け画面の短いメッセージが目に止まった。

フェイスブックに、見知らぬ人から届いた友達リクエスト。同時に、メッセンジャーに挨拶文が届いているのも、さして特別なことではない。

送り主の「沢渡蓮《さわたりれん》」という名で、男性であることを知り、その文面がただの挨拶文ではないことに、かすかな胸騒ぎを覚えた。

——唐沢燿子さま

長いこと、あなたのドラマのファンでしたが

最近は脚本のクレジットに唐沢燿子の名が見つけられず

テレビドラマが著《いちじる》しく幼稚で薄っぺらになったのを
憂《うれ》えている者の一人です
特に忘れられないのが、あなたが脚本の『ディアフレンズ』でした
またあのようなドラマを見たいものです

こうして知らない人から、ファンレターのようなものがネットを通して、カジュアルな文面で届く時代になっている。

燿子も三年ほど前に始めたフェイスブックで繋《つな》がった友達が、いつの間にか三百人近くになっていた。

「あなた、そんな危ないことをやっているの？　信じられない」

大企業で要職に就く夫と生きる繁美には、SNSで見知らぬ人と繋がるなど、いかにも危険なことなのだろう。蔑《さげす》むように言われたことがある。

たしかに燿子も、ときどき考える。

自分はなぜこんなものを始めたのだろうと。

答えは曖昧《あいまい》で、不確かだった。

社会の一線から身を引いたかたちの今、潜在的な焦《あせ》りや、寂《さび》しさを感じ始めているのだろうか。

このところ、とみに人と会うのが億劫になって、大学時代の友人や、かつての仕事仲間とも、すっかり疎遠になっている。ネット上で、懐かしい人たちの近況がわかるなら、それを知りたいし、自分も元気でいると伝えたい。そんな気持ちもあって、誰もが無制限にフォロワーになれるツイッターよりも、自分で「友達」を選ぶことのできるフェイスブックにしたのだ。

ただ、そのソーシャル・ネットワークに加われば、今日のように見知らぬ人から繋がりを求められることもあった。

友達の繁美は、その中におかしな人がいて、燿子があらぬトラブルに巻き込まれはしないかと心配してくれているのだろう。

が、かつては視聴者から、ドラマの感想や励ましの手紙など、所謂《いわゆる》ファンレターをもらっていた燿子の感覚は、少し違っていた。

特にフェイスブックを始めた頃は、驚くほど多くの人から友達リクエストが届いて、自分のことを覚えている人が、まだこんなにもいてくれたのかと、嬉しくさえあったのだ。燿子のドラマが女性視聴者向けだったので、繋がりを求めてくる人の大半が女性だったし、たとえ相手が男性だったとしても、七十代を間近にした今は、若い頃のような警戒心を持つ必要もなくなっている。

全国各地に暮らす、顔も知らないかつてのファンたちと、こうして緩《ゆる》やかに繋がっていれば、いずれまた新しい作品を発表したとき、再び自分のドラマを見てくれたり、応援してくれる人もいるかもしれない。そんな思いもあって、世間に顔と名前を晒《さら》す仕事をしてきた燿子は、繁美たちが言うほどの危険も感じず、日々の雑感を投稿していたのだった。

今日リクエストをしてきた相手が、珍しく『ディアフレンズ』のファンだったと書いてきたことに、燿子は興味を持った。

『ディアフレンズ』は、大学時代の友達六人の男女を主人公にして、彼らの友情とその後の人生、そして四十数年後の再会を題材にした友情物語だった。

そのドラマは、唐沢燿子のキャリアの中ではじめて低視聴率に苦しんだ作品で、当初、十三週の予定が、八週で打ち切りになってしまった。あのとき、キャリアではじめて味わった挫折感は、今も心の奥に居座っている。

そしてそれが引き金になって、「唐沢燿子の時代は終わった」とか、「あれで唐沢燿子の脚本家としての寿命が縮まった」など、冷ややかな論評が雑誌に載ったりもした。

また、『ディアフレンズ』がオンエアされたのは、重信達郎《しげのぶたつろう》との恋愛が終わりを迎えた頃だったので、個人的にも思い出深い作品だった。

突然、知らない男からのメッセージにあった『ディアフレンズ』のタイトルを見ただけで、当時の記憶が一気によみがえる感があった。

フェイスブックは本名での登録が原則で、その人の生年月日や職業、学歴など、基本情報の欄があるので、「沢渡蓮」についても、まずそれを開いてみる。

生年月日は一九六四年八月三日。自分より十五も歳下だということがわかった。それでももう、五十五歳。立派な中年男だ。

職業欄には「労働者」と記されているが、燿子はフェイスブックでそんな書き方を見たことがなかった。アイコンには写真もなく、男性の上半身を象《かたど》ったブルーグレーの無機質なCGがあるきりで、どこに住んでいるのかさえわからない。

ひとつ、他の情報の素っ気なさに比べて、何かを訴《うった》えているようなカバー写真が目を引いた。

荒涼とした風景の中、鉄道線路の上で若い男女が抱き合い、熱い口づけを交わし合っている、粒子の粗いモノクロのカバー写真。古いアメリカ映画のスチールを転用したものだろうか。

アップした写真や投稿を見れば、その人が何に興味があり、どんな主義主張を持つ人かがわかるので、そこを開いてスクロールしてみる。

ところが、沢渡のタイムラインは、もう何ヶ月も更新された気配がなかった。

自分より十五も若いこの男が、なぜ、五十年近くも昔の学生運動に材をとったテレビドラマに、感情移入したのだろう。理由を知りたい気もしたが、結局、おざなりに承認ボタンを押すと、その男のことはすっかり忘れ、その後頭をかすめることもなかった。

ところが、数日後の日曜日。

週に一度のアルト・サックスの稽古を終えて、逗子《ずし》のマンションに戻ったところ、

――先日は、承認して頂きありがとうございます

沢渡蓮から、二通目のメッセージが届いていた。

帰り道、横浜の髙島屋で買ってきた食材を冷蔵庫に入れたあと、チェックしたスマートフォンで、忘れていた男のメッセージに気づいたのだ。

あ、『ディアフレンズ』の男……。

開くと、型通りの挨拶文に続いて、SNSにしては長く、熱いメッセージが綴《つづ》られていた。

――小説にせよ、映画にせよ
いや、もっと日常的なテレビドラマにせよ
観る者は、つくり手の方の感性と人生に触れることができた時

その作品に感動させられるものです
そういう意味で、あの時私は、『ディアフレンズ』に
唐沢燿子という女性脚本家が裸になったのを見た思いでした
でも、それはもう七年も前の、遠い過去の記憶です
今のあなたがどんな作品を書いて
私たちに見せてくれようとしているのか
そこを知りたいのです
ぜひもう一度、あなたならではの脚本を書いて
私を感動させてください
お願いします

読みながら燿子は、自分の新たな作品を待ってくれている人がいたと知って、素直に嬉しかった。

が、その一方で、たじろいでもいた。

「唐沢燿子という女性脚本家が裸になったのを見た思いで……」

男が使っている言葉に、生々しさを感じたのだ。

日曜日の夕刻に、このようにストレートな文面で、熱い言葉を送ってくる中年男に胡散

臭さを覚えながら、もう一度そのメッセージを読み返した。ソファに腰掛け、

——ありがとうございます。

と、礼の言葉を打ち始めたが、そこで指が止まってしまった。その先に続く言葉が見つからないのだ。

打つべき言葉を探すうち、どんな返事を送ればいいかがわからないのは、相手のことを何ひとつ知らないせいだ、と気がついた。

脚本を書くときのように、男がいる場所や姿を想像してみても、何の像も結びそうにない。代わりに、男が伝えてきた文面の、生々しさだけがよみがえり、返信を思いとどまる自分がいた。

一瞬、繁美が眉をひそめる顔が浮かんで、いま打ったばかりの「ありがとう」の文字を消すと、スマホを手にベランダに向かった。

南のガラス戸を開けて外に出ると、アルミの柵の上に腕を乗せて、見知らぬ男からのメッセージを、もう一度たどってみる。

「観る者は、つくり手の方の感性と人生に触れることができた時、その作品に感動させられる」

この男はいったい、どんな仕事をしているのだろう、と気になった。

一方で、いまの燿子には、芽生えた好奇心を掻き立てられるほどの若さもなく、そんな興味を素早く打ち消すだけの分別もあった。

いくらファンといえど、素性もわからない男に迂闊《うかつ》な返事をして、面倒なことになりたくないと、じきに現役時代のプライドも取り戻して、沢渡のメッセージを頭から追いやった。


秋の空に、白く箒《ほうき》で掃いたような雲が浮かんでいる。

空と雲とが描く、青と白のグラデーション。見惚れるうち、

「夕暮れはいづれの雲のなごりとてはなたちばなに風の吹くらむ」

という和歌が頭に浮かんだ。

いつだったか、大好きな勅使川原三郎《てしがわらさぶろう》のダンスを観に行ったとき、『雲のなごり』というタイトルの由来が、「新古今和歌集に所収された藤原定家《ふじわらのさだいえ》の歌に想を得てのことだった」と、パンフレットにあった。

燿子は、雲の姿に定家の歌を重ねながら、勅使川原振り付けのダンスを思い出している。

武満徹《たけみつとおる》の神秘的な音楽にのせて、ダンサーたちが紡《つむ》ぐ、流れるような、浮かんだ先から消えてしまうような身体の動き。その舞踊の何と美しく、セクシーだったことだろう。

勅使川原はインタビューの中で、「自然も人間も、その営みには限りがあり、すべてが一瞬にして消え去る様を想う時、その限りあるものから永遠なるものを作りだしたいという欲望と、逆に無限なる自然や人体を極少の形に閉じ込めたいという期待あるいは絶望感とが私の身体内の深部を激しく打つ」と語っていた。

と、突然、吹いてきたひんやりとした風に、思わず身を縮め、見上げると、先刻まで青の中に白いアクセントをつけていた筋雲が、いつの間にか消えて、空一面、湧き上がった鱗《うろこ》雲や鰯《いわし》雲に覆われていた。

明日は雨だろうか。

燿子が、ここ逗子の海の見える高台のマンションで暮らすようになって、かれこれ二十年のときが過ぎた。

都心から遠いせいか、人が訪ねてくることはほとんどない。

仕事が減るにつれて、外で食事をする機会も滅多になくなったのを、最初は寂しく思ったが、そんなものにもすぐに慣れて、今では人と会うのが煩《わずら》わしいとさえ感じるようになっている。

いつの間にか、映画を観るにも、美術館に行くにも、ひとりが当たり前になり、そのほうがよほど気楽で愉《たの》しいと思うようになっていた。

娘の紗江がこの部屋を出て行ってからも、すでに二十年近くが経っている。その間ずっとおひとりさまだったので、再婚して誰かと暮らすなど、真っ平御免。

強がりでも何でもない、正直な気持ちだ。

「自立するってことは要するに、わがままになっていくってことなのね」

繁美がふた言目にはそう言うのも、あながち間違ってはいないのかもしれない。


燿子は、空腹を覚えてベランダを離れると、キッチンに向かった。

夕食は、魚介のジェノベーゼ風パスタにしよう。メニューは一瞬で決まって、鍋に水を張り、ガスコンロの火をつけた。

湯が沸くあいだ、冷蔵庫から取り出した野菜を刻み、ボウルに盛ると、オリーブオイルとレモン汁を野菜の上に滴《た》らし、最後にお気に入りの調味料、銀座三河屋製の「煎酒《いりざけ》」をふりかければ、さっぱりした和風ドレッシングのグリーンサラダができ上がった。

沸騰してきた湯に塩を加え、フェデリーニを茹でているあいだ、生の帆立貝と、蛸《たこ》と、紋甲《もんごう》烏賊《いか》をひと口大に切る。ボウルに魚介を移して、先日、取材に行った帰りに大分空港で買ってきた大葉ソースで和《あ》える。最後に、アルデンテに茹《ゆ》で上がったフェデリーニに魚介をからめ、深皿に盛る。

その日も、調理を始めてわずか二十分ほどで、一流のイタリアン・レストランと変わらない、美味《おい》しい魚介のジェノベーゼができ上がった。

手早く料理を済ませ、再びベランダに出ると、西の空が美しい茜色に染まっていた。

籐のテーブルに料理を並べ、居間のミニコンポにビル・エヴァンスのアルバムをかけ、テーブルについた。

グラスにソービニョン・ブランを注ぎながら考える。

こうして、誰もが営んでいる当たり前の日常を、私はこれまでほとんど味わってこなかった、と。

子育てや仕事に追われて、丁寧に暮らす余裕のなかった時代はともかく、二十代の頃は、思い出すだに赤面するほど、愚《おろ》かに、雑に、生きていた。

「子どもの頃から本が好きだった」という程度の理由で、進学先は私大の国文科、就職先は出版社と、思い込み優先で進路を決めた燿子である。

一般事務職でも高い倍率だった大手の出版社に採用されると、与えられた主な仕事は、お茶汲みだった。

あの頃は、女子社員が総合職につくなど望むべくもない時代で、女の子たちの就職の目的は、優秀な結婚相手を獲得するため、一生働かずに食べていける永久就職先を見つけるためだった。

就職先を選んだ動機もいい加減なら、結婚相手の選び方も安易だった。

入社して一年ほどが過ぎた頃、社内でも特に目立つ存在だった編集者に憧れている自分に気がついたのだ。

物知りで、一流の作家たちからも信頼が厚いと評判だった、三十歳の山縣淳史《やまがたあつし》。豪快なキャラクターが社内でも人気で、ただのお茶汲みに過ぎない燿子にも、分け隔てなく接してくれる男だった。

そんな淳史に誘われて、ある休日、二人で映画を観に行ったのをきっかけに、彼女にとってはじめてと言っていい「恋愛」が始まった。

そして半年後、淳史から求婚されたとき、燿子は寸分の迷いもなく、彼のプロポーズを受けたのだった。

今にして思えば滑稽《こっけい》なことに、当時、普通の家庭で育った女の子たちには、いい結婚をするための恋愛はしても、その男と結婚するまでは、断じて肉体関係を拒まなければならないという、鉄の掟があったのだ。

喪失――。今では死語のようになっているその言葉が、当時は流行語のようによく使われていた。

女は胎内に、結婚まで大切にすべき膜を持っていて、その膜は結婚初夜に、夫によって破られるものである。結婚前に処女を喪失した者は、「ふしだらな女」と扱われ、それが離婚原因にされることもある。そんな迷信めいたものが、珍重される時代だった。

平凡で、世に言う「まともな家庭」に育った燿子も、「処女幻想」を信奉する娘のひとりだった。

淳史との結婚が決まっても、両家の結納が済むまではと、迫られる肉体関係を拒み続け、婚約者の頑《かたく》なな態度を、淳史もまた、好もしく思う類《たぐ》いの男だった。

「燿子、君をいい女にしてやるよ」

などという浅薄な言葉に、どうしてあんなにとろけるような気持ちになったのか。

若さとは、ほんとうに恐ろしく、罪なものだ。

男が繰り返し口にする「いい女」などという言葉を、あれほど無邪気に受け入れていたのだから。

淳史は、未来の妻に対して「愛は、太陽のなかで笑う小石」などと、フロイトの言葉を引用して語るような男だった。

二十四歳の燿子は、そんな婚約者を眩《まぶ》しくみつめ、男としてよりも、彼の知識や発する言葉に憧れる娘だった。


結婚式が間近に迫った、春の日の夕暮れ。

二人のアパートに届いた、真新しい簞笥や冷蔵庫、洗濯機などの所帯道具を所定の位置に収め終えて、ひと息ついたとき。燿子は淳史から求められ、導かれるまま、男性に生まれてはじめて身体《からだ》を開き、自らの処女を捧げた。

あの頃、頭だけで恋をしていた彼女にとって、初体験は書物で読んで想像していたものと大きく違っていた。

終始、心も身体も緊張するばかりで、悦びや幸福感などまるでなく、やっと淳史が侵入してきたときの、局所を襲う痛みも酷かった。

そんな、半《なか》ば拷問にも似た行為のなかで、燿子は、自分が長い間守ってきた「処女」とは、こんなにも呆気なく、何の感慨もなく喪《うしな》うものなのかと、ただ頭で考えていた。

あのとき体験していたことは、「愛は、太陽のなかで笑う小石」とはほど遠いもので、「こんなことで、いい女になれるの?」との疑問だけがあった。

が、そんな疑問について、突きつめて考えることもしなかった。

淳史が果てたとき、畳に寝転んで見上げた窓辺。

手を出せば届きそうな近さに、隣の屋敷の庭から伸びた桜の枝があったのだっけ。

夕闇の中、大きな枝からはらはらと散る桜の花びらを、放心状態で眺めていたのだっけ。

思い出すのは、そんなあえかな光景きりで、すべてが遠い彼方の出来事である。

結婚式を終えて、ままごとのような夫婦の生活が始まると、淳史との夜の交わりも、どんどん型通りなものになっていった。

夫婦だからセックスをする。その行為は、常に夫の気分とペースで進められた。

燿子から求めたことなどあっただろうか。

なぜ淳史とのあいだでは、あんな貧しいセックスしかできなかったのだろう。

理由の欠片《かけら》のようなものを見つけたのは、ずっと後になってからのことだ。

若い頃の燿子は、「お行儀のいいお嬢ちゃん」だったので、特に男女の営みの際、「女は受け身でいるのが当たり前」と思い込んでいたのである。

ところが、実際の夫婦の行為が重なるうち、彼女は、受け身であるがゆえに芽生えた「違和感」や「齟齬《そご》」を、意識しないわけにはいかなかった。

いま自分の身に起きている快感は、はたして本物だろうか。

ほかの人は、もっと強烈な快感を味わっているのではないか。

私が快感やオーガスムを演じているのが、この男にバレてはいないか。

そんな覚束《おぼつか》なさや、疑問、迷いのようなものが、淳史に抱かれるたび、強迫観念のようにつきまとっていたのである。

女性の性の快感の到達点を、「オーガスム」とか、「イク」といった言葉で知ってはいたが、自分の感じてきたものが、本物であったかどうかが定かでない。

燿子にとってはそれが大問題だったのに、淳史に話してみようとは思わなかった。

妻は、いつしか夫に対して心を閉ざし、しっかり鍵をかけるようになり、夫のほうも、妻が恋人時代にあれだけ好きだった文学の話もとんとしなくなり、二人の会話は、リアルで些細な、生活まわりのことだけになっていった。

あの頃の燿子に、周囲の女子社員たちと違っていた点があるとすれば、「結婚後も仕事は辞めたくない」と、言い続けたことだ。

が、彼女のその主張が淳史の独占欲を煽《あお》ったのか、新婚旅行から戻ると、夫は妻を縛り始めた。

「俺には、君が何で仕事を続けたいのかがわからないよ。たかがお茶汲みの仕事に、何でそんなにこだわるんだ。俺との生活がそんなに不満か?」

淳史は、あっという間に恋人だった頃の優しさをなくしていき、燿子もまた、結婚が彼女の夢見たようなものではなかったと、思い知らされていく。

そしていつしか、この人と議論をしても無駄だと観念して、

「お願い。子どもができるまでは仕事をさせて」

と、夫を宥《なだ》めて切り抜けるしかないのだった。

淳史は、そんな妻の本音を見抜いていたのだろう。

深夜、酒に酔っては、今で言うモラハラまがいの言葉で妻を攻撃するようになり、燿子

はそんな夫に嫌悪を募《つの》らせていった。

妻が夜の営みを拒めば、強引に組み伏せられ、一方的なセックスで夫が果てたあと、隣で淳史が立てるいびきを、虚《むな》しさのなかで聞く夜を重ねた。

それでも結婚から四年後、燿子は妊娠し、三十歳で一人娘の紗江を産んだ。

そして、娘のために良き母親になりたい、夫との関係も修復しなくてはと、泣く泣く退職願を書いて、専業主婦になったのである。

が、一度夫婦のあいだにできた溝が埋まることはなく、夫婦の夜の営みも、みるみる間遠になっていった。


燿子は、少女の頃から信じていた。

家族たちの関係は、歳月を重ねるごとに、親密で、自然で、そしていつしか、かけがえのないものになっていくのだと。それが結婚だと思っていたのだ。

ところが実際は、先に結婚をし、母親となった友人たちが、当たり前にできていることを、なぜ自分はできず、こんなにもがいているのだろう。なぜ私だけが、広がっていくばかりの夫との距離感や違和感に苦しんでいるのだろう、と考える妻になっていた。

そして、結婚から十二年が過ぎたある日、燿子は、夫の浮気を知らされる。

そのとき、彼女は自分のなかに、一片の嫉妬《しっと》も、一滴の涙も湧いてこないことに愕然《がくぜん》としながら、ただ思っていた。

これでこの人と別れられる。

が、正式に離婚が成立したあとは、激しい罪の意識に襲われてもいた。

自分のわがままで、娘を不幸にしたのではないか、という罪悪感に。


役所に離婚届を出すと、淳史は、家族三人で暮らした都心の狭いマンションを、燿子に慰謝料の形で与え、ひとり部屋を出て行った。

あのとき、小学校四年生になっていた紗江は、すべてを理解していたのかもしれない。少なくとも母親の自分よりも。

淳史の引っ越し荷物をまとめていたとき、学校から戻った紗江が、

「ママ。私、もうパパには会わないから」

と、無表情に言って以来、母娘の会話に父親の話題がのぼることは一度としてなかった。

それが母親に対する優しさなのか、それとも情の薄い娘なのか、燿子にはわからないまま、紗江は「しっかり者」と評判の娘に育った。

紗江の養育費は、成人するまで月額五万円と定められ、その後十一年間、淳史は娘名義の銀行口座への振込を、一度も滞《とどこお》ることなく果たした。

娘の結婚が決まったとき、燿子が淳史から送られた養育費の通帳を、手つかずのまま渡

すと、

「ありがとう。ママ、一円も使わなかったんだね」

と、しげしげと眺めていた紗江の表情からも、燿子は娘の本心を読み取ることができないのだった。

そんな母と娘の距離の遠さは、紗江が自分の結婚式の席に、淳史を招いていたと知ったとき、決定的なものとなった。

離婚以来、一度も会っていないと思っていたのは自分だけで、父娘の交流はずっと続いていたのかもしれない。

そうしたことを率直に尋ねられないのは、離婚を選んだ母親の罪悪感のせいだったのか、それともプライドだったのか。

バージンロードを腕を組んで歩く父と娘の姿を見ながら、燿子はひとり疎外感のなかで考えていた。

「どうして彼を呼ぶって、前もって話してくれなかったのよ！　あなたを育てたのは、この私よ！」

そんな風に感情を剝《む》き出《だ》しにできたら、どんなによかっただろう。しかし燿子は、とっくに、それができない女になっていたのである。

離婚後の燿子は、紗江と二人で生きていくため、すぐに働かなければならなかった。そして、一度専業主婦になり、幼い子を抱えた女が再就職先を見つけるのは、容易ではなかった。

職業安定所に日参し、やっと一人だけ欠員が出たと言われて、採用が決まった保険会社。そこで与えられたのは、単純な文書整理の仕事だった。

月額十七万の給料で、母娘二人、ぎりぎり暮らすことができたのは、淳史が与えてくれたマンションがあったからだ。

生活は苦しかったが、十二年もの長きにわたった束縛からの解放感がまさって、貧しさも苦にならなかった。

その一方で、中学生にもできるような、単純な仕事に馴れてしまえば、月末には財布に残った小銭を数えて暮らす日々に、惨めさばかりが募っていった。

愛を知らないままに結婚をし、愛を育《はぐく》む術《すべ》さえ持たず、結局、離婚という決断をするに至った、四十代目前の選択。

燿子はそれを、夫の不義がもたらした結果とは考えていなかった。もちろん薄給のＯＬになるためでもない。離婚を機に、生涯打ち込めることを見つけて、ほんとうの意味で自立すること。それを果たさなければ、犠牲になった娘に申し訳が立たないと思っていた。

そして彼女は、新たな人生の目的を探すうち、気がつくと、ドラマの脚本家になる夢を追っていたのである。

燿子は専業主婦だった頃、近所のママ友に勧められて、テレビドラマのモニターのアルバイトをしたことがあった。最初は小遣い稼ぎ程度で始めたことが、自分なりの感想文を書くうちに、ドラマの良し悪しは脚本にあるとわかって、自分も脚本の勉強をしてみたいと考えるようになっていった。

脚本家こそ、離婚後の人生を賭ける価値のある、また四十になってからでも始められる職業に違いない、と思ったのだ。

才能があるかはわからないが、脚本を書くスキルを学べるなら、真剣に学んでみたい。

燿子が人生ではじめて持った、仕事への夢だった。

そして、渋谷にシナリオライターの養成学校を見つけると、保険会社の仕事帰りの月水金曜の夜、紗江の世話を母に頼んで、教室に通い始めた。

少ない収入から月謝を払うのは、経済的にも苦しく、仕事と子育てと学校と、どれも手を抜けない一人三役を強いられる毎日は、時間的にも体力的にも過酷だった。

それでも自分が選んだ道だ、誰のせいにもできないのだと、自身を叱咤《しった》し、辛いと思うことはなかった。

夫との別離とひきかえに、ゆくりなくも訪れた、創作と表現を学ぶ日々。

提出した草稿を返されるたび、講師から浴びせられる罵倒の言葉に、毎回、自らの才能のなさを嘆《なげ》いてばかりいた。

何度も諦《あきら》めそうになっては踏みとどまって、ひたすらパソコンと向き合う苦行を重ねるうち、少しずつ、書くことのよろこびを味わえるようになっていった。

脚本を学び始めて数年が過ぎた頃、気がつくと燿子は、フィクションの世界で遊んでいるときがいちばん幸せなのだ、と思うようになっていた。

現実世界では、踏み迷うことばかりだった日々を、少しだけスライドさせて、脚本というかたちの虚構の世界を築き上げれば、登場人物たちの行動や台詞が、天から難なく降りてくるようにもなっていく。

その快感と充足感を獲得した頃、燿子の書いた脚本が、全国ネットのテレビ局で、プライムタイムのドラマに採用されたのだ。

放映の日の新聞のテレビ番組欄や、ドラマのエンドロールに、自分の名前を見たときの達成感を、燿子は今でも思い出すことがある。

四十五歳で脚本家としてデビューを果たすと、唐沢燿子は、あっという間に人気脚本家の一人として、あちこちの局から引く手数多《あまた》の存在になった。

そして彼女は、遅ればせながら知ったのである。

女の人生の幸せは、誰かに与えてもらうものでなく、自分の力で摑《つか》むものだということを。

無論、そんな夢を叶えることができたのは、近くに引っ越してきてくれた燿子の母親が、紗江の子育てに協力してくれたことが大きい。

脚本の依頼が増え、経済的に余裕が出てきた頃、子育てにも手がかからなくなった。燿子は保険会社を辞めると、この逗子の海の見えるマンションを終の住処に選んで、引っ越したのである。

「ママは、いつも誰かのために生きているフリをして、いちばん大事なのは、自分なのよ」

中学生になった頃に始まった紗江の反抗期は、大学生になってからも、収まる気配を見せなかった。

「通学に不便だから、大学の寮で暮らす」と言って出て行ったあの日から、燿子は寂しさを埋めるように、この逗子の3LDKのマンションを、自分好みの空間にしていったのだ。

あれだけ忙しく、女のドラマを書き続けていた彼女に、ピタッと声がかからなくなったのは、六十代の半ばにさしかかる頃だった。

時代が変わり、局のプロデューサーたちの年齢もどんどん下がっていくにつれ、老いの齢《よわい》を迎えた唐沢燿子は、もう、賞味期限の切れた脚本家なのだった。

昨日まで、周囲を取り巻いていた業界の人びとが、潮を引くように去っていき、自分がゴミ箱に捨てられたような惨めさを味わい、世間から忘れられるまでは速かった。

身体は健康で、書きたい材料も山ほどあったので、立てた企画を持って何度もテレビ局を訪ねたが、我が子ほどに年の若いプロデューサーたちが、自分への対応に苦慮している様子に、そのたび申し訳ない気持ちになっては、テレビ局を後にした。

そんな屈辱の日々を経《へ》て、いま七十歳を迎える燿子は、ときどき出版社から声のかかるエッセイの執筆と、毎週一度、かつて学んだシナリオ教室に通っての、講師の仕事が細々ながら続いていて、今ではそんな仕事でも、声がかかるだけ有難いと思えるようになっている。

3

深夜。サックスの練習を終えた燿子は、書斎のデスクから持ってきたノートパソコンをダイニングテーブルに置くと、スイッチを入れた。

パソコンのスクリーンに、昔旅したスペインの、コスタ・デル・ソルの蒼い海の風景が立ち上がると、デスクトップに保存しているワードファイルを開く。

ひと月ほど前から、思い立って映画のシナリオを書いている。

どこかから注文が来たわけでなく、締め切りがあるわけでもないので、仕事と胸を張れるほどのものではないが、その分、気が向いたときに書き進めるという気楽さがあった。

最近は、テレビドラマから締め出された中高年層が、映画館に戻ってきていると聞く。子どもの頃に映画を見て育ったシニア世代が、今ではめっきり少なくなったアート系映画館の、主たる客層なのだそうだ。

もう一度、自分と同世代の人たちに向けて、脚本を書いてみたい。これからは、スポンサーや局の要請に応《こた》えるものでなく、もっと自由に、大人の審美眼に耐え得るドラマ、時間が経っても色褪《いろあ》せない、商品でなく作品を書いてみたい。

再び新しい夢を見つけて、燿子は久しぶりの高揚感を取り戻しつつあった。

五十枚ほどまで書き進んだ原稿を、頭から読み返していたとき、滅多に鳴らないスマホが鳴った。

——唐沢燿子さま　こんばんは
先生は今ごろ何をしていらっしゃるだろうと
時々、考えています
フェイスブックの友達承認を頂いただけで
そんなことを考えるなんて、失礼過ぎますね沢渡蓮からだった。これで三通目だ。

メッセージ画面の時刻は、二十三時三十分。

こんな時間に、と戸惑っていると、またも着信音が鳴った。

慌てて消音ボタンを押して、読む。

——遅れましたが、自己紹介をさせてもらいます
私は、札幌《さっぽろ》に住む一労働者です
ときどき小説のようなものを書いています

労働者だというのは、前に見た基本情報で知っていたが、小説を書いているなんて、いかにも作り話めいている。

こうして深夜に、何度も直接のメッセージを送ってくる、十五も歳の若い男。

その男は、札幌に住んでいる。

警戒心と好奇心が交錯するなか、燿子は返信を打つ手を止めることができない。

——労働者って、具体的にはどんなお仕事を？

——ありがとうございます！

唐沢燿子さんから返事を頂けたなんて、夢みたいだ

心の準備もないまま、チャットが始まっていた。見ず知らずの男と。

——まだ起きていらしたんですね

仕事は、建設会社の契約社員で

昔流に言えば、鳶職《とびしょく》です

建築現場で働いています

今日は夜勤で、今は休憩時間です

——それはご苦労さまです。

札幌はもう寒いのでしょうね。

——今はマイナス五度です

一時間ほど前から雪が降り始めましたよ

この冬の初雪です

――小説を書いていらっしゃるの？

――はい。書き始めて三十年近くになりますが
一向に上手くなりません
昔からファンだった唐沢燿子さんに
こうしてアクセスしたのも
書くことを学びたいと思ったからです

――私は小説家ではありません。

――人間を描くことに興味があるのです
もうこの歳ですから、今更プロになりたいとは思いませんが
一生に一度は自分に満足のいくものを書いてみたいと
そのために時間に自由がきく契約社員を選んできました

ネットの会話が、旧知の仲のようなスムーズさで続いているのが不思議だった。
戸惑いながら、次の言葉を探していると、
——あ、時間だ
ごめんなさい！
仕事に戻らなきゃなりません
返信をありがとうございました
——どういたしまして。
思わず打っていた。
——またご連絡をしても、いいでしょうか
——どうぞ。
と打って、送信ボタンを押す。

――よかった。負担にならない程度に
おつき合い頂けると嬉しいです
それではまた。深夜にお邪魔しました
おやすみなさい

スマホの画面に、今しがた沢渡という男と交わしたチャットの文字が並んでいる。

ふと、見知らぬ男に、なぜあんな不用意な返事をしたのか、軽率だったのではないかという気もしたが、すぐにその思いを打ち消した。

たかがSNSのやり取りを、そんな風に考えるほうがおかしい。

燿子は立ち上がると食卓に戻り、パソコンの画面に集中した。

書き始めたシナリオは、数ヶ月前に読んだ新聞の小さな三面記事。認知症の妻を、献身的に介護していた夫が殺してしまったという事件に胸打たれ、「夫婦」をテーマにしたものだ。

シーン#64　夫婦の寝室（夏の夜）
ベッドの上で、妻が穏やかな寝息を立てている。

ドアを開き、プラスチックの風呂桶を抱えた夫が入ってくる。

夫は、風呂桶をサイドテーブルに置くと、妻の穏やかな顔を見つめる。

湯気の立つ桶でタオルを絞りながら、昼間の妻の狂乱を思い出している。


そんな大事なシーンを読み返しながら、燿子の頭は、一向に書きかけのシナリオに戻っていかない。

代わりに、脳裏に浮かんだ、雪がちらつく深夜の街で、鉄パイプで組まれた高い櫓《やぐら》の上を歩く、男の幻影を追いかけていた。

やがて、書くことを諦めて、パソコンを閉じ、その場を離れた。

服を脱いでバスルームに入ると、シャワーを全開にして、熱い湯を浴びる。

ボディーソープを手のひらで泡立たせ、最近とみに萎《しぼ》んでいく気のする乳房を洗いながら、先刻の沢渡蓮とのやりとりを思い返す。

顔の見えないその男は、五十代半ばの鳶職だという。

「先生は今ごろ何をしていらっしゃるだろうと時々、考えています」とも言っていた。

礼儀をわきまえた言葉遣いに、好感を持った。

燿子は狼狽《ろうばい》した。

長いこと忘れていた「女」が顔を出したのだ。

4

離婚から二年が過ぎた頃、燿子はひとりの男を好きになった。

昼間は保険会社で働き、夜はシナリオ教室に通い、紗江を育てと、寝る間もないほど忙しかったが、時間がないことが恋の邪魔にはならなかった。

いや、むしろ時間が限られていたからこそ、その恋に溺《おぼ》れたとも言える。

相手は、燿子と同じシナリオ教室で学ぶ、八歳下の男だった。

教室の誰よりも才能を評価されて、キラキラと輝いていた、三十四歳の湊亮介《みなとりょうすけ》。

教室に通い始めて三ヶ月ほどが過ぎた、冬の日。

夕刻、その日の授業が終わって、「これから飲み会にいくので、一緒にどうか」と、誘われた。声をかけてくれたのは、教室で一番若い大学生の女の子だった。

行きたかったが、家では娘の紗江が母親の帰りを待っている。

同じ夢を追っている若者たちと、脚本やシナリオを書くことについて語り合えたら、どんなに楽しく、勉強になるだろう。

「よかったら、今度私の家に来ない？」

「えっ、いいんですか？」

「違う。私がお願いするのよ。ウチでお鍋でもしながら、お喋《しゃべ》りしない？」

彼女とそんなやりとりをした週末、五人の男女が燿子のマンションにやって来た。若者たちが手土産《てみやげ》に持ってきたビールを飲みながら、燿子のつくったチゲ鍋を食べ、夜遅くまで脚本談議に花を咲かせた、その中に湊亮介がいたのである。

以来、同じメンバーが月に一度のわりでやってくる、燿子の部屋での夕食会が、何ヶ月か続いた。

若者ばかりの来客を、燿子以上に喜んだのが紗江だった。

淳史と別れてから、母親と祖父母以外、大人との交流を絶たれて寂しかったのか、紗江は、子どもの扱いが上手い亮介に、特に懐《なつ》いた。

保険会社がお盆休みだったある日の午後。亮介が、ひょっこり一人で訪ねてきた。燿子は、思いがけない来客に、はしゃぐ紗江の姿が嬉しかった。

昼間は三人で近くの公園で遊び、夜は一緒に夕食を食べ、紗江が寝た後、燿子と亮介は遅くまで話し込んだ。

やがて亮介は、ひとりで頻繁にやってくるようになり、気がつくと、男女の仲になっていた。

どちらかが何を迫ったのでもなく、ごく自然な成り行きだった。

それまで、夫の淳史以外の男と身体を重ねた経験が一度もなかった燿子にとって、亮介は彼女の女性を開花させてくれたという点で、最初の男だったと言える。

夫とのセックスでは、ペニスを体内に入れられたときの膣《ちつ》の快感よりも、指で刺激されるクリトリスの快感の方が大きかった。

結婚生活のあいだ、燿子が夫との性交に悦びを得ることは少なく、早く終わって欲しいと願う日のほうが多かった。

淳史のただ機械的な行為と違い、亮介のそれは、いつも一途で、明朗なセックスだった。おかげで燿子は、自分のなかに亮介を受け入れながら、はじめて膣のオーガスムを知り、四十歳を超えてやっと、淳史とのあいだでは得られなかった性愛の悦びを、味わうことができたのである。

離婚後の不安と、寄《よ》る辺《べ》なさを抱えていた燿子は、あっという間に、亮介の若い肉体に溺れていった。

シナリオライターの夢を先に叶えたのは、亮介のほうだった。

彼の書いた映画のシナリオが、新人賞に輝いたのである。

授賞式の夜、玄関のインターホンが鳴って、ドアを開けると、右手にトロフィーを掲《かか》げた、満面笑顔の亮介が立っていた。

「映画化も決まった。燿子さんのおかげだよ」

と、手渡してくれたときのトロフィーの感触を、燿子は今でも思い出すことがある。

そして、亮介の未来が開け、同時に自分たち母娘にとっても、幸福な未来への扉が待っているような気がしていた、ある日のこと。

燿子は突然、その若い恋人から、別れを告げられたのだった。

はじめて身体を重ね合わせた日から、まだ半年が過ぎたばかりの、燿子が幸せに酔いしれていたときに、

「結婚することになったんだ。親も喜んでくれている」

と、悪びれずに言う、彼の言葉を聞いたのだった。

若い亮介には、子持ちでバツイチの女に、未来を託す気などハナからなかったのに、恋に溺れた燿子には、そこが見えなかった。

この男こそ、自分たち母娘の救世主と思い込み、現実を見ようとしなかった。

亮介は燿子に別れを告げた日を境に、ふっつりと教室に来なくなった。もちろん母娘と仲良く過ごした部屋にも。

まさに恋の絶頂期の、生木を裂かれるような失恋に、燿子の失望は深かった。

が、泣いて縋《すが》ることも、追うこともできなかったのは、歳上の女の、せめてもの矜持《きょうじ》だったのか。

その後も、月に一度のシナリオ教室の仲間たちとの夕食会は続いていた。誰も亮介のことを口にしないのが、却《かえ》って彼の不在と燿子の喪失感を募らせた。

紗江は、「お兄ちゃん」のいない食卓で、一緒に食事するのを拒《こば》んで、自分の部屋に閉じこもる日が続いた。

「あいつの嫁さん？　最近、長崎に帰るときに乗った飛行機の、スチュワーデスだってさ。超のつく美人らしいよ」

噂話が耳に入り、燿子は改めて自らの愚かさを呪った。

が、女の身体のなかに残った亮介の若い肉体の記憶、はじめて味わった性の悦びの記憶は、いつまでも燻《くすぶ》り続けて、消えないのだった。

燿子は、今でも思うことがある。

当時、中学生になって始まった紗江の反抗期も、亮介との破局が原因だったかもしれないと。あれだけ仲の良かった亮介が突然姿を消して、紗江もその寂しさを、母親への反抗という形で吐き出していたのかもしれない。

いや、そうではない。紗江は、すべてをお見通しだったのだ。

二人が男女の仲になどならなかったら、彼と母娘の友情はずっと続いていたのにと、すべてをわかって、母の私を罰していたのに違いない。

5

割烹《かっぽう》『深村《ふかむら》』は、西麻布《にしあざぶ》の交差点の先の細い路地を入ったところにある、隠れ家のような和食の店だ。

燿子たち四人は、特別な食事会のときは毎回、個室のあるこの店に集まって、気のおけないお喋りをする。

四人が顔を揃《そろ》えるのは約三ヶ月ぶり、潤の夫孝之の通夜と葬儀の日以来だった。

約束の時間に遅れたことのない潤が、いつまでも現れないのを皆で心配していたが、思いのほか元気な笑顔で店に入ってきた。

「ごめん、ごめん。お客さんは、こっちが早く閉めたいときほど、帰ってくれないのよねえ」

と言いながら、皆で空けておいた上座の席にドスンと座ると、

「今日は古希のお祝いだよね。さ、飲もう、飲もう」

潤はいつもと変わらぬ明るさを見せて、燿子たちを安心させた。

一緒に京料理を食べ、富山の地酒を飲みながら、ひとしきり古希についての薀蓄《うんちく》を語り合い、昔話に花を咲かせていたとき、

「実はね、あなたたちにしか、言えないことだけど」

突然、潤が正座して、改まったように言った。

「どうした？　遺産の問題？」

「違う」

「何よ。早く言って」

せかせる繁美を片手を上げて制すると、潤は嚙《か》みしめるように言ったのだ。

「私ね、孝之が死ぬ前に、口で、してあげたの。息をひき取る二日前のことよ。ひとつだけお願いがある。して欲しいんだ、と言われて」

三人は、思わず顔を見合わせる。

燿子たち四人は、互いに何でも隠さず話し合う仲を、五十年以上も重ねてきたが、性にまつわる話はしたことがなかった。

美希子の不倫問題や、燿子のその時どきの恋愛が話題になっても、具体的な性の話は暗黙のタブーとされていたのである。

それだけに、唐突な潤の言葉に、皆が狼狽《うろた》え、何と言っていいかわからないのだった。

しばらく沈黙が続いて、ついに美希子が、

「それで、どうだったの？」

教室の生徒に尋ねるように、問いかける。

「三十分くらいしてあげたかな。最後まで硬くはならなかったけど。泣いていたよ。ありがとう、ありがとう、と言いながら」

遠い目をして、潤が答える。

三人は再び言葉を失っていた。

やがて、燿子が沈黙を解《と》いて、

「いい話ね。聞かせてくれてありがとう」

と言うと、肯《うなず》いた潤の目からみるみる涙が溢《あふ》れ、頬を伝って流れ落ちた。

「あの人、私としたかったんだね、ずっと。だのに私は……」

「いつから、してなかったの？」

美希子が訊《たず》ねる。

「もう覚えてないくらい、昔よ」

「あんなに仲良しだったのに」

美希子の物言いは、どこまでも教師然としている。

突然、繁美がソプラノの声で、

「私だって覚えてないわ。少なくとも、二十年はしてないと思う」

と、あっけらかんと言い、その場の空気が一気に和《なご》んだ。

潤と繁美はこれまで、美希子や自分と違い、夫とともに生きてきた。燿子は、そこから途中で逃げた思いがあったので、繁美と潤、どちらの夫婦にも引け目のようなものを感じていた。

が、どんなに仲が良くても、身体を重ね合うことはもうないのだと言う。

それが長年連れ添った、「夫婦」というものなのか。

ならば繁美や潤は、いったいどうやって自分のなかの「女」を宥《なだ》めてきたのだろう。

「今はもうキスもしないし、手を握り合うこともない、それが自然なことなのよ」

という二人の話が、燿子は頭で理解できても、共感が湧いてこないのだ。

そういえば、潤と孝之が画廊喫茶を始めたばかりの頃、潤が店の常連客との恋に走って、いっとき離婚騒ぎになったことがあった。

「もう孝之とはやっていけないから、別居することにした」

家を出てきた潤が、燿子のマンションに転がり込んできたのだ。

それでも、しばらくすると男と別れ、孝之の元に戻っていった。

潤は、その後も二度ほど、新しい男に夢中になっては、同じことを繰り返した。

が、毎回、恋が終わると孝之の待つ家に戻り、夫はそのたび何ごともなかったかのように妻を迎え入れた。

そして、ここ十年ほどは、画廊喫茶のカウンターの中で寄り添い合う、仲のいい夫婦に戻っていた。

そんな二人の姿が燿子の目には、どちらか片方が何かを諦めたようにも見え、男と女を卒業して、新たな愛の形を見つけたようにも見えていた。

そして今、片方の人生が終わる直前、再びセクシャルな関係に戻って別れたという潤と孝之。燿子はそのことに感慨をおぼえる。

「夫婦というものを、燿子は美化し過ぎよ。とてもものの書きとは思えないわ」

と、潤や繁美から何度も言われていた。

「諦めとか、惰性とか、いろいろあるのよ。いつまでも高校生のようなこと言わないの」

確かに二人の言う通りだった。

ドラマでは様々な人物像が描けるのに、こと「夫婦」の話になると、幻想やロマンに根強く縛られている。いまだに離婚を挫折と考える自分は、やはり古い女なのか。

「七十にもなって、まだセックスしてる夫婦なんて、いるのかしら？」

四人の誰よりも、その類いの話題を嫌っていた繁美が、その夜は珍しく自分のことを語っていた。

更年期の頃に始まった性交痛の耐え難さに、夫と肌を触れ合うことさえ怖くなってしまったと、打ち明けたのだ。

「彼が外に女をつくっても仕方ないと思ってきたわ。家庭を壊さない範囲で、私に隠し通してくれるならね」

それでも繁美は、結婚当初からの良妻賢母を貫き通して、今も夫の健介とのあいだには、揺るがぬ信頼関係が築かれているように見える。

夫婦の仲に波風が立ったという話も、聞いたことがない。

「ウチは、孝之のほうから求めてこなくなったの」

「いつ頃から？」

「最初の不倫のあと、家に戻ったときからかな。私も彼から求められるのが怖かった。でも孝之はあれから、二度と私を抱こうとしなかったわ。もう許してもらえないんだと思っていた。だから、突然、してくれと言われて、ほんとうに吃驚《びっくり》したの」

孝之が求めてこなかったのは、自分が何度も傷つけたせいなのだと、夫を送った妻が涙を流している。

潤のそんな姿を見ながら、燿子は改めて考える。

夫婦のありようは、人それぞれだ。百組の夫婦がいれば、百通りの繋がり方がある、と。

そして、恋愛結婚にせよ、見合い結婚にせよ、日本の夫婦の大半が、早い時期に父親と母親になったあとは、自然に性的な関係もなくなっていくのだと聞いている。夫婦はときを重ねるにつれて「男女の関係」から「家族の関係」になっていくのだ、と。

それができなかった自分は、もともと結婚には向かない人間だったのか。

それとも、淳史との結婚に失敗していなかったら、繁美のように家族の愛をまっとうすることができたのか。燿子は、これまで何度も自分に問うてきたことを考えては、またいつものように、そこに正解を求めることに意味はない、と思うのだった。

でも、もし今「死ぬまで女のままでいるか」、それとも「夫や家族との仲睦まじい安寧《あんねい》な生活を取るか」、どちらかを選べと言われたら、やはり自分は女のままでいたいと思うのだ。たとえどんなに孤独だったとしても。

6

左手に持った手鏡の中、大写しになった外陰唇を見ながら、右手に持った小さなハサミで、陰部を覆う毛を注意深くカットしていく。

やがて、綺麗になった自分に満足すると、デリケートゾーン専用の弱酸性ソープを手に取り、指で襞《ひだ》をかきわけ、丹念に洗っていく。ムダ毛の処理と襞の奥の洗浄をしておけば、陰部の臭いを防ぐことができるのだ。

アーユルヴェーダのオイルでマッサージした身体を、バスタブに沈め、ぬる目のお湯の中で、全身を撫で洗いしながら、汗を流す。

バスルームを出て、全身にボディークリームを塗ると、膣の粘膜をいたわるように保湿クリームを塗り、指を膣の中に入れ、丁寧にマッサージする。

もう何年もそれを続けているおかげで、燿子のヴァギナは七十歳を迎える今も、常にみずみずしく潤いを帯びていた。

なぜ女たちは、朝晩、顔のスキンケアにはあれほど熱心に勤《いそ》しんでいるのに、膣のケアをしないのだろう。

燿子は、閉経して間もない頃、女性産婦人科医が書いた本で、膣のケアの大切さを知った。読むきっかけは、当時新しい恋が始まったからだったが、そんなことに無縁な齢《よわい》になっても、それが女の身だしなみだと思っている。

『深村』での四人の会話の中で、燿子が、

「更年期も性交痛も、自分で解決できるものよ」

と言うと、繁美が、珍しく気色《けしき》ばんだ。

「私はそんなこと、必要としないのよ。あなたのように淫乱ではないから」

「インラン？　ひどい言い方をするのね」

燿子が、繁美の言葉に打ちひしがれていると、

「教育のせいね。そんなこと、私たちはまったく教わってこなかったもの。性の問題には、なぜか罪悪感がついてまわる。特に繁美のように、お行儀のいい女たちはね」

美希子が、燿子を擁護するように言った。

「淫乱も、ふしだらも、男の論理で生まれた言葉かもしれないね。セックスにまつわる慣用句は、全部、男がつくったものよ。ほら、男の能力を誇示する〝ゼツリン〟とかさ」

潤の言葉で皆のなかに笑いが弾け、その場が収まった。あのとき繁美は、

「自分のあそこなんて、まともに見たことがない」

とも言っていた。それほどに女たちは、自分の身体の大事な部分である女性器に関して、大きな抑圧を受け、忌《い》み嫌ってきたのである。

燿子は幸い、女性器をケアする大切さを、二十年も前に学ぶことができた。

連日、脚本の締め切りに追われていた五十歳の頃、初めて経験した更年期という肉体の変調に、驚き、狼狽えたことがあったのだ。

その辛さを、当時一緒に仕事をしていた女優に話すと、

「いいクリニックがあるの。騙《だま》されたと思って行ってみなさい」

と、六本木にある、Tウイメンズ・クリニックを紹介してくれたのだった。

初診の日の血液検査で、ホルモンの減少程度を測り、薬か注射で補充する療法を受けると、昨日までのひどい目眩《めまい》と不快感が、嘘のように消えたのだ。

「先生、この注射を、いつまですればいいんですか?」

「元気で仕事を続けたいなら、ずっとですよ」

鉢植えの観葉植物が、水をあげなくては枯れてしまうように、女性の身体も閉経のとき

を迎えれば、植物の水にあたる女性ホルモンを、もう自分で作ることができない。そのため、よほど日常生活に支障をきたす場合はホルモン補充療法もあることを、新川博美《しんかわひろみ》先生は、丁寧に説明してくれた。

そのときから、毎月一度のわりでTクリニックに通い、補充療法を受けるのを、燿子は二十年間欠かさず続けてきた。

おかげでアンチ・エイジングの効果はいくつもあった。

例えば燿子は、高校時代四人のなかの誰よりも背が低かった。いつも他の三人を見上げていた記憶がある。それが今では、四人でいちばん高い身長になっている。姿勢がいい、ともよく言われる。それもホルモン補充療法のおかげだと思っている。

「写真なんか見ると、身体が縮《ちぢ》んでいくのがわかるのよ。年を取ったせいなのねぇ」

と、繁美が嘆いていたことがあるが、女性ホルモンを補っていれば、骨が縮むことや、骨粗鬆症《こつそしょうしょう》の予防もできる。

また、多くの女性たちが、歳とともに髪が薄くなったり細くなっていくのを嘆いていたが、燿子の髪は、今でも若い頃と変わることなく、豊かでコシがある。

もし、性行為が生殖の役割とはっきり分離されて、純粋な愛情表現や快楽のために行われるものだったら、女性はどれだけ自由で、幸福だったろう。

まず、思春期に始まる「月経」によって、女たちは自らの性を、暗く、忌まわしく、厄介なものと思わされてきた。また成人してからの、「妊娠のおそれ」という抑圧は、男たちのそれと比べ物にならないほど大きい。

女性は本来、閉経して生殖機能を失ったとき、晴れて快楽のためだけの性愛を謳歌《おうか》できるようになるという。燿子はその考えを信じている。

ところがそのときを迎えると、もう男から女として求められるなど、望めない年齢になっている。それが哀しくも寂しい現実だ。

この不幸な宿命のせいで、多くの女性たちが、真に性的な快楽を味わうことなく、生涯を終えるのではないか。

今から二十年近く前、娘の紗江が逗子のマンションを出て行き、脚本家としてようやく揺るぎないポジションと名声を得て、やっと、自分のための時間も得た頃、燿子もお定まりの閉経期を迎えた。

五十の声を聞き、閉経したというだけで、彼女もまた、自分の女としての人生は終わってしまったという、焦りと強迫観念に襲われていた。

当時、燿子が求めていたのは、生涯をともにする再婚相手でなく、単なる遊び相手でもなく、ただ、互いに身も心も燃えるような恋愛だった。

が、そんな相手と出会うのは、浜辺の砂の中からダイヤモンドを見つけるほど、難しい。

燿子のような女が、簡単に恋愛のできない理由はいくつもあった。

たとえば、自分を守ってくれる組織があるわけでもないフリーランスの女性脚本家が、業界で信用ある立場を築き、それを守り続けるためには、仕事の場で出会った男とはけっして恋愛関係に陥《おちい》らないという掟《おきて》を、守り通さねばならなかった。

テレビ局のプロデューサーや、演出家、自分の書いたドラマの出演者として出会う俳優、そしてマスコミの記者たちと、燿子はたくさんの男と知り合い、友情や信頼関係を築いてきた。側《はた》から見れば、女性のなかでも恵まれた境遇にいたと言えるだろう。

が、そんな立場に甘んじて、ひとたび恋愛がらみのスキャンダルなど起こせば、一瞬にして書く場を失ってしまうことを、彼女は知っていた。

仕事のできる賢い女は、仕事で出会った男との恋愛など、けっしてしないものなのだ。

また、日本社会には「女は若くて可愛いほうがいい」という、鉄の不文律があったので、仕事で社会的な成果を上げ、年齢を重ねた女に、親密な関係を求めてくる男などいる筈もない。強い女は敬遠される。

それが、燿子のような女が抱えてきた現実だった。

ときには業界以外の男性と恋に落ちることもあったが、どれも長続きはしなかった。

湊亮介とのあいだで味わった悦びを、もう一度味わいたくて、好きでもない男に言い寄られるままついて行っては、恥と後悔の念いっぱいでホテルを後にすることもあった。
もう後悔はしたくない。二度と軽はずみな行動はすまいと心に誓い、四十代後半の数年間は、ただ仕事だけに没頭するうち、彼女の恋愛願望もすっかり遠のいていた。

そして五十歳になり、閉経期を迎えた頃、燿子は、滅多にすることのなかった自慰行為に耽《ふけ》った夜があった。

行為のさなか、突然、脳裏にひとりの男が浮かび、やがて、心でその男の名を呼んでいるのに気づいて、自分ながら驚いたのである。

その男、重信達郎とは、数年前に雑誌の対談で知り合って以来の信頼できる男友達で、何ヶ月かに一度のわりで食事をともにする仲が、三年ほど続いていた。

全国あちこちの公園や広場など、公共空間の景観をデザインする、ランドスケープ・アーキテクトとして活躍する重信を、それまで一度も男として意識することがなかったのは、彼が家庭を持つ身だったからだろう。

しかし燿子は、その自慰の夜を境《さかい》に、彼を求める思いが抑えられなくなっていく。

そして何ヶ月かが過ぎた頃、ついに決心をして、自分から重信への思いを打ち明けた。

燿子が誘った食事の席で、彼女の告白を聞いたあと、彼がはじめて語った話は意外なものだった。

「これまで、妻以外の女性とつき合ったことも、好意を持ったこともないんだ」

勿論、夜の世界で遊んだり、風俗の店に行った経験もないという。

しかも、妻との夫婦の営みは、一人息子が生まれた二十五年ほど前で終わっていて、その後も、まったく必要としなかった、と。

二十代の半ばに見合い結婚をして、妻が妊娠したと知ったとき、彼は、自分たち夫婦のあいだに近々子が生まれるという事実を、喜んだのと同時に、

「これでもう、妻とセックスをしなくて済むと思うと、ホッとしたのを覚えているよ」

と、正直に打ち明けた。

重信にとって男女の交わりは、純粋に種の保存、生殖のため以外のものでなく、

「むしろ、そういう夫婦のほうが多いんじゃないかな」

というのが彼のセックス観だった。

「人は、恋愛やセックスなどなくても生きられる」

「妻とは、もちろん仲がいいよ。大切にしている」

それでも彼は、燿子の求愛を拒まなかった。

男の重信が一度も行ったことがないラブホテルに、女の燿子が連れて行き、愛の行為の一部始終を、女のリードに男が従うかたちで進む関係が始まった。

二人には、それまでの数年間で築きあげてきた、友情があった。同世代であり、共にものづくりをする者同士が語り合う時間は、いつも刺激的で、楽しかった。

また、重信との関係が始まった頃、燿子は脚本家として正念場を迎えていて、恋愛は仕事を凌駕するものではなかった。

もう、若い頃のように恋に溺れることも、男から保護されることも、望まない女になっていたのである。

自分の足で立ち、自分の考えでものを語る彼女を、重信は最初のうち、「素敵だ」と言った。

「この歳まで、女性から影響を受けることがあるなんて、考えもしなかったよ」

ベッドの中でも、女が教師であり男が生徒である関係も新鮮で、重信は燿子にとって、実に優れた生徒でもあった。

そして重信は、燿子との逢瀬《おうせ》を重ねるごとに、自分のなかの男を取り戻していき、彼女のほうも、閉経した後の愛の行為には、避妊の必要がないぶん、より自由で、肉の悦びに没頭できることを知った。

燿子はあるとき、二人の事情を知る古い男友達から、言われたことがある。

「君が本気なら、なぜ妻から奪い取ることをしないのか。それが本当の愛というものではないか」

そんなとき、彼女はきまって答えていた。

「そんなこと、露《つゆ》ほども望んでないわ。私が求めているのは、共白髪で互いを労わりあう仲ではなくて、逢うたび新鮮な気持ちで愛し身体を重ね合う、恋人なのよ」

それが本心かどうかは、突きつめて考えないようにしていた。


そんな重信との大人の関係も、ときを重ねるにつれて、次第に翳《かげ》りを帯びていく。

彼女のなかには、不倫ゆえの疾《やま》しさが、いつも体の奥に刺さった棘《とげ》のようにあり、その棘の痛みが、手に負えないほど大きくなっていくのを、怖れていたのである。

ほんとは彼を独占したいのだ、との思いにとらわれるたび、必死でそれをねじ伏せる。

まさに「不倫の恋」がたどる、お定まりの道のりだった。

次第に燿子は、かつて友達でいるあいだ、あれほど信頼していた重信が、妻に偽り、燿子にも究極を求めず、涼しい顔で不倫関係を続けていることに、以前のような信頼感が抱けなくなっていく。

そして、女にいざなわれて、性的な意味で男の自信を取り戻した重信もまた、彼女の自我の強さに、次第に違和感を持つようになっていった。

多くの男たちと同じように、彼もまた、根っこでは「従順で、自分に寄りかかってくれる女がいい」と思い始めていたのである。

男性が凸で女性は凹。

天から与えられた身体的な構造の違いそのままに、征服する性を取り戻した重信は、次第に彼女の強さが、受け入れ難いものになっていく。

三十年以上連れ添った妻は、性的な行為などなくとも、無条件の信頼を寄せてくれる可愛い女性のままだ。妻といて得られる安らぎを、この女とのあいだでは得られない。

そうして男は、燿子とのあいだで一度も諍《いさか》いをすることもなく、静かに、妻のもとへと帰っていった。

六十五歳になった燿子もまた、恋の終わりを、穏やかに受け止めた。十五年近くにわたって重ねた睦みあいを、失うのは辛かったが、彼女も重信との関係でマスターした「自制」を、涼やかな顔で貫いたのである。

これでもう、誰かと恋をすることはないだろう。純粋に女として生きることは、二度とないだろう、と思っていた。

他でもない、自他ともに認める、老いを迎えた年齢のせいで。

7

——唐沢燿子さま　こんばんは

私は家が貧しかったせいで、高校しか出ていません
学歴コンプレックスがあるせいでしょうか
分析力のある方に惹かれます
論理的なお話のできる女性に

深夜、ベッドに入ったとき、また沢渡蓮からメッセージが届いた。

読めば、自然に心が浮き立っている。

もう女性として生きることはない、と諦めていた筈なのに、沢渡からのアクセスを密《ひそ》かに待っていたような気もする。久しぶりの感覚だった。

男が、遠い札幌に住んでいることや、歳が十五も離れていること、そして、鳶職という職業など、すべてに新鮮な好奇心がかき立てられる。

こうしてネットで、文字だけのやり取りなら、別にいいではないか。

――私は論理的な人間ではありませんよ。

努めて言葉少なに、返事を打った。

――いえいえ、論理的で分析力がなければ
ドラマの脚本など書けませんよ
すべての登場人物を俯瞰《ふかん》で見ながら
視聴者の心に迫るようにストーリーを動かしていく力
そういうものを持っている女性に憧れます

――たしか『ディアフレンズ』が好きだったと、言われてましたね？

――はい
あのドラマで主人公の遥《はるか》のマドンナ的な魅力に
普通は惹かれるのでしょうが
実は透《とおる》を愛しているのに
その激しい想いを隠し続ける凛子《りんこ》の切なさに
感情移入していました
きっと凛子は、唐沢燿子の分身に違いないと
当たっているのではないですか？

――あなたはそう思ったのね？

でも、私は凜子のような女性ではありません。

ものを書く人間にとって、誰かに作品を語られるのは、自分自身に興味を持たれるよりも、数倍嬉しい。

こんなやりとりなら、続けていいたい。

そして燿子は、気軽さと平静さを保ちながら、返事を送る。

――沢渡さんは、いまどんな小説を？

――毎回、男と女の話です
男女のことにしか興味がないので
そのとき、なぜか突然、彼の姿形が知りたくなった。

――あなたはどんな方なのでしょう。

せめてフェイスブックに、写真を載せてもらえませんか？

と、打ってみる。

――ははは。写真のご所望とは意外です
唐沢さんのような大先生にそんなことを言われると
舞い上がってしまいます
ミステリアスではダメですか？

尋ねられ、答えに窮《きゅう》して、話題を変えた。

――フェイスブックを、何故始められたの？
あまり投稿もされてませんね。

その後、しばらくの間があって、

――正直に言います
信じてもらえないでしょうが

私は、昔から憧れていた唐沢先生と
ネットだけでも繋がれるかもしれないと思い
フェイスブックを始めました
そして先日お名前を見つけて
友達リクエストをお送りしたのです

咄嗟《とっさ》に、燿子のなかに警戒心が宿《やど》った。
何と返せばいいかと、考えていると、続けてメッセージが届く。

——そんなに警戒しないでください
プロのお仕事をされている方から
学べることがあると思っただけなので

——わかりました。

——近々写真もお送りします
アイコンには載せません

唐沢先生だけに、お送りします

翌日。シナリオ教室に行くために、東横線で渋谷に向かっていたとき、抱えたバッグの中のスマホが震えた。

きっと沢渡からだと思うと、すぐ確かめずにいられなくなっている。

バッグからスマホを取り出し、メッセンジャーを開くと、見知らぬ男の顔があった。

幾何学模様に組み立てられた鉄パイプの林の前で、頭にはヘルメット、首元にボアの襟《えり》がついた作業着姿の男が、腕を組み、真っ直ぐにカメラを見て笑っていた。

その屈託のない笑顔に、思わず笑みを返しそうになり、慌ててスマホを伏せると、目の前に立つ乗客の顔を盗み見る。

幸い、サラリーマン風のその男も自分のスマホに見入っていて、右に座る若い女性は、パズドラゲーム。左側の男も、手にしたアイパッドで、電子書籍を読んでいた。

燿子は改めて、スマホのなかの沢渡の顔を、じっくりと見る。

二重まぶたの大きな瞳が心に残る男だった。

——唐沢燿子先生にお送りできる写真などないので
若い者に撮ってもらいました

どうしてまた？　と不思議がるので
恋人に送るんだよ、と言っておきました
そんな会話をしながらの写真です
以後お見知り置きを

読み終えると、燿子は名残惜《なごりお》しい気持ちで、スマホをバッグに戻した。

シナリオ教室の燿子のクラスの受講生は十八人だが、大半が中高年の主婦や定年退職組の女性で占められていて、皆、趣味や教養レベルしか求めていない現実に、正直物足りなさを感じていた。

本気で脚本家やシナリオライターを目指している受講生は数えるほどで、昔有名だった唐沢燿子と話せるから、という程度の動機だけで通ってくる女性も多い。そんな女たちが書いたものには、目新しさも才能も感じられず、ときどき鬱陶《うっとう》しさも覚えている。

「ここはカルチャーセンターではありませんよ。自分の書いた脚本がオンエアされるつもりで書いてください」

何度言っても、多くの受講生たちが、燿子の求める野心を持たないのだった。

そんなお遊び気分を払拭したく、彼女のクラスでは、自分が書く作品について企画段階から他の受講者に発表しては、他者の賛同や批判の意見に晒《さら》されるという、作品を書く前の通過儀式を大事にしていた。

その日は、クラスの中で数少ない男性であり、年もいちばん若い菅野拓也《すがのたくや》の企画発表の日で、かつての湊亮介を思い出させる拓也のプレゼンを、燿子も楽しみにしていたのだった。

「僕は、この間起きたばかりのSNS誘拐の事件をヒントに、引きこもりの問題や、ネット時代の人のつながりの危うさ、そして、子どもの生き難さなどを織り込んで、映画のシナリオを書きたいと思っています」

そういえば最近は、SNSがらみの事件が日常茶飯事のように起きている。

ネットだけで繫がりをもった筈が、やがて会うようになり、最後には犯罪にまで発展してしまう。そんな事件が、新聞でもテレビでも、頻繁に報道されていた。

「小学校六年生の女の子のツイッターに、突然、見ず知らずの男から『半年くらい前にうちに女の子が来た。彼女の話し相手になってほしい。来ない？』とダイレクト・メッセージが届いた事件のことは、皆さんも報道で知ってますよね。僕はその事件をヒントに、取材をもとにしたノンフィクションのドラマにするのでなく、あくまで僕の想像によるフィクションを組み立てて、シナリオを書いてみようと思います」

拓也は、熱く語った。

拓也のプランは、教室の大半から概《おおむ》ね好意的なリアクションを得たようだった。

燿子は、拓也のプレゼンを聞いているあいだ、瞼《まぶた》の裏に、電車の中で見たばかりの沢渡蓮の笑顔が甦《よみがえ》り、内心、忸怩《じくじ》たる思いをぬぐえずにいた。

自分も現に今、誰もが危険だというSNS上の出会いに、身を投《とう》じようとしているのかもしれない。

この歳になった私はもう、そんな危険に巻き込まれるなどあり得ないとは思うが、何が起こるかわからない世の中だ。

関わらないほうがいいに決まっている。

またあの男からメッセージが来たら、もう返事をするのはやめておこう。

——唐沢燿子さま　こんばんは
思いがけずご返事を頂いて以来
先生を身近に感じ、この一週間ふらふらです
喉元まで上がってくる言霊《ことだま》を必死に抑え
冷たい風の中を歩いています
ただ、敬愛する唐沢先生に
人生相談みたいなお話をしたくなり

ＦＢにコンタクトいたしました
私は女にだらしない男ですが
どうか警戒しないでください
頂いたご返事が私にもたらした変化を
お伝えしたいだけなので
先生とこうして繋がることができ
本当に嬉しかったです
私にも、ひと足先にサンタが来たと感じました

その夜、またも沢渡から、ファンレターともラブレターともつかないメッセージが届いた。

それは、誰かを想う男の、まっすぐな気持ちの吐露《とろ》のようにも読め、一方で、陰に巧《たく》みな口説き文句を隠した、からかいの伝言とも読めた。

後者であれば、まことに胡散臭い。

が、人は、自分の聞きたい言葉を聞き、見たいものを見るものだ。

昼間、あれだけもう返事はしないと誓った筈が、またも返事を打っていた。

——写真、拝見しました。ありがとうございます。

いい笑顔ですね。


二行目を、三回ほど消しては打ち直し、また眺めてを繰り返した末に、送信ボタンを押していた。

それは、見知らぬ者同士の気軽な遊びのようであり、ともに孤独な男女が、寂しさを埋め合う相手を探しているようでもあった。

——ありがとうございます
私は、先生のドラマ『偏愛』も録画して
今でも何度も観ています

『偏愛』は、燿子が書いた脚本の中で最も高視聴率を獲ったドラマだった。

不倫相手との間にできた子を産んだ、シングルマザーが主人公で、逆境のなか、強く生きる姿が人気を呼ぶと、社会現象のように不倫が肯定されて、結婚はしなくても母親になりたいという女性が増えたものだった。

――数馬《かずま》は、私の出自と重なる部分もあり
作品を見るたびに泣いてしまいます
自分が数馬と同じ私生児だったことも、要因かもしれません
『偏愛』の主人公に、母を重ねて見ていました
すいません。何か暗い方向に行き、申し訳ないです
母は八十五歳で、今も元気にしています
先生。私の顔は荒《すさ》んでないですか？

――言葉通りに受け取ってください。
いい笑顔です。

――ありがとうございます
唐沢先生のお言葉が励みになり
また一つ宝物を頂いた気持ちです
ほんとうにありがとうございます

――そんな。お礼を言われることではありませんよ。

――昨夜も、現場の若い者たちと忘年会をしながら
ずっと先生のことを考えていました
素直な気持ちに従い、お会いしたいと
失礼だったらお許しください
一月になったら休みをとって、東京に行きたいと思っています
唐沢先生に会いに
ダメですか？

燿子は戸惑いながらも、返信を止めることができない。

――あなたが私に会いたいと言うのは、私の職業への幻想ですね。
私自身への興味ではなく。

――幻想？　職業？
なんですか、それ？
全く考えてなかったです

唐沢先生、言葉を探されていませんか？
先生が会いたくないなら私は押さない
しかし

——たぶん。脚本家という職業に過大な思いがあるのでは？

——全く違います
私は脚本家と知り合いになりたいとか
考えたことないです

——私の何が、あなたの心を動かしたかがわからない。

——私は、自分の思いを素直に出しているだけ
これまでも同じです。先生が違うなら言ってください
少しだけでもお会いしてお話がしたい
それだけです
会いたい方には素直にお伝えしたい

私は難しい男です
好き嫌いははっきりしている

――フェイスブックで繫がっただけなのに、どうしてそんな風に思えたの？
十五も年上の婆さんに。

――おばさん？
全くわからない

――お婆さんよ！

――そんな風に、色々な方と接しておられるんですか？
おばさんとか
いやいや、責めてないんで。ごめんなさい
意外だったので
私は限られた方としかお会いしない主義です
でも会いたい方には

男か女かは関係なくそれをお伝えします
これまでもそうでした

——ちょっと、ぜんぜん噛み合っていないですね。
たぶん戸惑っているのだと思う。
文字の世界はわかりにくいわ。
私が誤解しているだけかもしれない。

——ごめんなさい。ゆっくり時間をかけるべきですね
わかりました
また連絡したくなればお願いします

蓮がそこで間を置こうとしたのに、燿子は一度心に覗いた好奇心を、抑えることができないでいる。

——女にだらしない、とか言うから。
私の方が、あなたを男性として意識しちゃったのかな？

年甲斐もなく。

――ごめんなさい
困らせてしまうメッセを差し上げて
ちがう、ちがう
私は唐沢先生を戸惑わせたくない
最初にお伝えした
分析力のある方に惹かれる　論理的にお話ができる方に
それだけです

一途な男――。燿子はチャットをするうち、自分の身勝手な思いから抜け出せずにいた。相手の顔が見えないからなのか、文字で打つ言葉は理性のブレーキを失って、どんどん大胆になっていくのだった。

――正直に言いますね。
最近、こういうメッセージをもらう前から、
久しぶりの発情期だと感じていた私がいたの。

そのせいね、きっと。馬鹿みたい。
私、ほんとに気が若いのよ。
でもね、沢渡さん。
論理的な会話を求めているなら、このままでもできますね。

――ごめんなさい、ややこしい話をして
発情期！　久しぶりにそんな言葉お聞きしました
それがいいですか？
あの
唐沢先生が好きなんだ
それだけはこの数日でわかりました
答えは求めません
お伝えしたかった
なかなか言えなかったから
私はそんなに人づき合いがうまくない
だから、この方だと感じたら夢中になる
それがいいか悪いかもわからなくなります

ごめんなさい
困らせてしまい、ごめんなさい

——ははは。発情期だなんて。
この歳をして、恥ずかしい言葉を使いました。
私は正直な人間です。
ねえ、教えて。
どうして私が好きだなんて言えるのか？
何でもいいから、もう少し、理解できる言葉が欲しいのかな。

——言葉が欲しいですか？

——言葉、欲しいよ。

——唐沢燿子が欲しい
それだけ
欲しい

言わせないでください
私を困らせないでください
返事待っています

燿子は、深夜にこうして言葉で遊びながら、実体としての沢渡蓮という男に興味を持っているのかも、定かではなかった。

「発情期」などという言葉を、平気でぶつける自分のほうが、言い寄っているのかもしれない。

ネットというバーチャルな空間で、言葉だけで楽しむ恋の予感。

それがむしろ安全で、心地良いのだと思えなくもない。

――あなたはこれまでも、そうやっていくつもの失敗を重ねてきたのね。
私もそうだから、わかります。
もう二度と、同じ後悔や反省をしたくない。
今の私は、穏やかな孤独を愉しんでいるの。

――穏やかな孤独。詩人だ

そんな詩人が大好きです
私を感じてくださり本当に嬉しいです

私を感じてくださり？　自分だけでなく、相手の方にも勝手な妄想が膨らんでいるようだと、燿子の理性が告《つ》げていた。

明治大正の恋人たちが、手紙という手段で恋の妄想を育てあってきたように、このネットという現代のツールでもできるのか。しかもタイムラグを置かないぶん、その思いが、浅く、不確かなまま、急ぎ答えを求めたくなっているようにも思えた。


――やっぱりこのSNSではダメね。

話そう。顔を見て話してみよう。

いつ来たいの？


自分のドラマのファンに会うのに、何を躊躇《ためら》う必要があるのか。

会って抱かれたい衝動が抑えられなくなったら、一線を踏み越えたっていいではないか。

その夜、なぜか燿子は、見ず知らずの男と会う危険について省みる理性を、完全に失っていた。

――いいですか？　ありがとうございます！
一月十一日の土曜日なら大丈夫です
ご都合いかがですか

燿子は、むしろ沸き立つ思いで、机の上の手帳をめくる。

――来月の十一日……。空いているけど。

――やった。翌日の日曜日と月曜日
三日間休みをもらっています

――会って、お互いにやっぱり違うと思うのでもいいのね？
この幻想のまま、仲良くしているほうがいいとは、思わないのですか？

――大丈夫です
私は幻想を経験したことがないので

――好きだなんて思いは、すべて幻想か、錯覚の世界。

――違う。ダメ
そう思われた時はすぐにお願いします
でも、すぐにわかります
好きとか嫌いなんて
そんなの、メッセではわからないと思います
これまで唐沢先生はこんなことありましたか？
知らない男と、会いたいとか

――違う、と思うことになるかも。
でもそれを試してみようと言うなら
試してみるか。
危険な気がするけど。

――先生。頭で考えるより、感じてください

皆さん考えてしまいますね
でも私は、感じることを教えていただいた
唐沢燿子のドラマに
だから会いたい
それだけです

――FBなどで知り合うなんて初めてだから。会いたいなんて言われたこともないし。戸惑うのは仕方ないと思います。

――私だって初めてですよ
ごめんなさい。大丈夫
私は紳士的な男ですよ
困らせたくない
それが一番です

――イケイケだった昔に戻るには、

やはり躊躇いが先に立つ年頃です。

——わかります、わかります
私ももう五十代の半ば
若くはありません

——もう困らせているけど。

——狼ではない
普通の男です

——一月十一日は大丈夫よ。

——了解しました
お会いできる日を励みに
頑張るぞ！
ありがとうございます

お会いする日は一人にしないでください
お顔を見たら、何も話せなくなってしまうかもしれない
先生、苛《いじ》めないでくださいね
あの、だらしない男ではないです
大丈夫
唐沢先生、大丈夫ですよ

――何が大丈夫なのか、わからないけど。
――可笑《おか》しいですね
何が大丈夫なのか、に笑ってしまいました

――何が大丈夫なの？

――『だいじょうぶマイ・フレンド』
ピーター・フォンダの映画のタイトル
大好きなフレーズなんです

大丈夫、大丈夫
加藤和彦さんが歌っていましたね
だいじょうぶマイ・フレンド
いつも唱えています　大丈夫、大丈夫

気がつくと、朝陽がのぼる時間になっていた。

沢渡とチャットをしているうち、デスクに突っ伏して眠ってしまったようだ。あれからどれくらい時間が過ぎたのだろう。

燿子は、パソコンの元を離れると、ベランダに続く南の窓に行って、カーテンとガラス戸を開け放った。

早朝の冷たい風に乗って届いた甘い匂いは、一階の庭で咲き始めた水仙の香りだろうか。

やがてキッチンに行き、手早くコーヒーを淹れる。

立ち上ってきたブルーマウンテンの馥郁《ふくいく》とした香りが、ベランダから流れ込んでくる匂いとブレンドされ、一瞬にして満ち足りた気持ちになった。

昨日までは、くすんで色褪せて見えていた身の回りのものが、急に光を帯び、色彩の鮮やかさを増しているように思える。

「唐沢燿子が欲しい」

沢渡の言葉が甦る。そんな浮ついた言葉に、簡単に反応してしまう自分を、興味深く眺めているもうひとりの自分がいた。

マグカップを持ってベランダに戻ると、極上のご来光を拝むため、籐椅子を東に向きを変え、腰を下ろした。

先刻まで、漆黒の闇をたたえていた東の空が、次第に明けはじめ、水平線の向うにオレンジ色の光が顔を覗かせる瞬間は、自然と上半身が起き、背筋がすっと伸びる。

コーヒーを飲みながら、次第に強くなる朝の光を眺めていて、気がつくとまた、ヘルメットを被った男の顔を思い出していた。

脳裏に浮かぶその面影を追いながら、パジャマの裾《すそ》から忍び込んだ左手が、ゆっくりと、乳房までたどり着く。

やがて、指で捉えた乳首を弄《いじ》っていると、先端の突起がみるみる硬くなっていった。

何をしているの？

突然我に返り、頭から男の幻影を追いやると、今日は娘の紗江と孫の美月《みづき》に会いに行く日だったと思い出し、慌てて椅子から立ち上がった。

8

中央線がS駅に着き、電車を降りると、改札口の外で孫の美月が手を振っていた。美月の手を引いて、隣に立つ紗江のお腹が膨らんできたのが、遠くからでもわかるようになった。

迎えてくれた娘と孫の笑顔に安堵して、速足で改札を出ると、

「おばあちゃん！」

と叫びながら、美月が腕の中に飛び込んできた。

ちょっと会わないうちに、また背丈が伸びたようだ。

紗江は、大学を出て大手のＩＴ企業に就職すると、仕事の面白さにのめり込み、結婚にも、子を持つことにも、興味がないと言い切っていた。

燿子はそれを聞くたび、自分が悪い影響を与えたせいだと思っていたが、三十三のときに写真家の耕大《こうた》と出会うと、あっという間に結婚を決めて、会社を辞めた。

そして一年後に美月を産むと、夫婦のライフスタイルを大きく変えて、都心のマンションからこのS湖に近い山あいの村に、引っ越してきたのだった。

過疎化が進むうち廃屋になった家を、夫婦で改修し、近くに手に入れた狭い畑でオーガ

ニック野菜を作りながら、自給自足に近い生活をしている。

引っ越し先にここを選んだのも、村にあるシュタイナー教育の学校に、美月を通わせるためだった。

かつて仕事人間だったのが信じられないほど、家族の衣食住にも、我が子の教育にも、理想を貫《つらぬ》く紗江の生き方を見ていると、丹念な子育てのできなかった自分がまさに反面教師だったのだと、認めざるを得ない。

紗江の運転する軽自動車で、畑に向かう道々、

「今度は男の子みたいよ。昨日の超音波検査で、先生がおちんちんを見せてくれたの」

と報告する、バックミラーのなかの紗江の顔が、美月がお腹にいた頃よりも、更に柔らかくなっている。

「その病院で産むの？」

「ううん。家で産むつもり。近くにいい助産師さんが見つかったから」

紗江は、二人目の子の出産にも、実の母親の助けを求めてはいないようだ。

美月の手を引いて、カサカサと鳴る落ち葉を踏みしめ歩く道でも、畑に着いて孫と二人、土の中から丸々と太った蕪《かぶ》を引き抜き、歓声を上げても、燿子はそうした娘の築き上げた日常から、遠くはじき出された孤独を、忸怩たる思いで噛みしめるのだった。

こうして紗江の暮らしぶりに触れるたび、かつて十分な子育てのできなかった自分が、責められているような寂しさに襲われる。

そして、畑の中で無邪気に戯《たわむ》れる娘と孫の姿を見ていた燿子の耳の奥に、またもあの日の紗江の叫び声が聞こえた。

「ママは、いつも誰かのために生きているフリをして、いちばん大事なのは、自分なのよ」

きっと、孫の美月はそんな風に母親を罵《ののし》る娘にはならないだろう。

同じ価値観を持つ両親のもとで、全面的な慈《いつく》しみを浴びて育つ美月には、かつて紗江が母親の自分に見せたような、棘《とげ》も翳《かげ》りもない。

そんな孫娘には、半年後に弟が生まれ、家族四人、絵に描いたような幸せで人間らしい暮らしを重ねていくのだろう。

そして自分は、逗子のマンションでひとり老いていき、孤独のなかで死んでいくのだ。

衣食住のすべてが、人にも地球にも優しいというポリシーを守り通す、紗江の暮らしぶりを見てきたせいか、家に帰ると、燿子は肉が食べたくなっていた。

今夜のメニューはステーキにしよう。

琺瑯《ほうろう》の鍋に、赤ワインとみじん切りにしたエシャロット、更にマルサラ酒を入れて強火にかける。

すぐに弱火にして、半分ほどの量になるまでゆっくりと煮詰めながら、昼間見てきた紗江と耕大の、仲睦まじい姿を思い出していた。

若い夫婦のあいだには、どちらか一方が主導権を握るのではない、対等なパートナーシップが無理なく築かれていた。その様子に感心せずにいられない。

自分の結婚にはそれがなかった。

原因は、妻を支配しようとした淳史のせいばかりではない。自分のなかに根強い依存心があったからだ。

鍋のワインソースが、半分ほどに煮詰まったところに、作り置きのフォンドゥボーをワインと同量加え、またゆっくりと、アクを取りながら煮詰めていく。

娘の紗江と、性的なことについて話し合ったことは一度もないが、きっと耕大と紗江は、夜のベッドでも対等で豊かなセックスを愉しんでいるに違いない。親が教えずとも、時代は進歩しているのだ。

ほどよく煮詰まってきた鍋のソースを、布巾をかけた濾《こ》し器で濾し、もう一度鍋に戻して弱火にかける。

最後にバターを溶《と》かすと、赤ワインソースができ上がった。

買ってきた一五〇グラムのランプ肉に塩胡椒をして、大蒜《にんにく》のスライスと一緒に、さっと焼く。焼き上がったステーキを皿にのせ、その上に、作ったばかりの赤ワインソースをかけると、生のクレソンを添えた。

今日もひとり、手作りの食事に舌鼓を打ちながら、テーブルの向かいに一緒に食べる人がいないことを思った。

友達と会えば、常に「ひとり身の自由さ」を語っているけれど、喋り合い笑い合いながら、この料理を一緒に食べる相手がいたら、もっと美味しいのにと思ってしまう。

9

その日の夕方、あるベテラン俳優の紫綬褒章《しじゅほうしょう》受章を祝うパーティーに出席するため、都心のホテルに向かっていたとき、バッグの中の携帯がまた震えた。
沢渡からのラインだった。会うことが決まって、ラインでも繋がることになったのだ。
——先生。お会いする前にお伝えしておきたいことがあります
——どうぞ。何かしら？

――ボクは、前にもお話ししたように
母と家庭のある男との間にできた、私生児なんです

自分の呼び方が「私」から「ボク」になっている。

――子供時代は、母と妹と一緒に大阪に住んでいたのですが
小学五年生から中学二年の頃まで
当時は母子寮と呼ばれていた施設にいました
札幌に来たのは三十代の半ば
生まれ育ちは大阪です

――わかりました。それが話しておきたいことですか？

――いえ、お伝えしたいのはここからで
その大阪の母子寮で、ボクの人生にとって大きな出来事が起こります
まだ小学生だったボクが、他の入寮者の母親たちの
慰みの対象になっていた時期がありました

最低三人の母親たちの夜の相手を
小学五年生の時からしていたのです
自分で言うのもなんですが、女の子みたいな顔立ちで
可愛がられました

あまりに唐突な沢渡の身の上話に、燿子は動揺した。

――なんと言えばいいか、言葉もないわ。

と、打って返した。

――だからでしょうか
若い女性には全く関心が向かない男になってしまいました

気がつくと、電車が四ッ谷駅に着いて、乗客たちが出口に向かっていた。
燿子は、ドアが閉まる寸前に飛び降りると、ホームのベンチに座り、慌ててスマホの文字盤を打った。

――沢渡さん、私、今、仕事に向かうところなの。遅刻しそう。

その件は、また後で伺うわ。


――あ、ごめんなさい！


混乱の中でラインを切ると、スマホをハンドバッグに放り込み、何かから逃れるように立ち上がった。

「変質者」。一瞬、そんな言葉が浮かび、混乱のなかに怒りもわいていた。

この歳になって、私はいったい何をしているのだろう。

夕方で混雑するホームを、帰宅する学生やサラリーマンと何度もぶつかりそうになっては、男たちの舌打ちを聞きながら、四ツ谷駅をあとにした。

ホテルの玄関に着くと、今度は華やかに着飾った人びとが、つくり笑顔で挨拶《あいさつ》を交わし合っている。

久しぶりに履いたハイヒールのせいで、足が痛い。

エスカレーターに乗っているあいだも、会場に着いて、コンパニオンの差し出すウエルカムドリンクを受け取っていても、電車の中で読んだ、

「最低三人の母親たちの夜の相手を、小学五年生の時からしていたのです」

場違いなラインの文字が、頭のなかを渦巻いていた。

手にした赤ワインを、一気に呷《あお》っていると、

「うわあ、唐沢先生！　お久しぶり！」

背後から甲高い女の声が聞こえて、振り向くと、昔書いたドラマの主役を演じた女優が、満面の笑顔で近づいてきた。

「お会いしたかったわぁ！」

大仰に言ってハグされたとき、強い香水の匂いが鼻をついた。

突然、もう十年近く前、テレビ局の本読みの席で、その女優から罵られた記憶が、昨日のことのようによみがえった。

「あなたの脚本は甘いのよ！」

「こんな台詞、とても言えないわ！」

あのときのことは、女優も覚えている筈だった。

だのにこうして手を取り合い、互いに変わらぬ仲の良さを演じている。

似たような光景が、パーティー会場のあちこちで起きていた。

誰もが本音を隠して、一定の距離を保ったまま、社交辞令を交わし合っている。

そういう世界なのだ。

と、背後から女優の名を呼ぶ男の声がして、女優は救われたように燿子のもとから離れていった。

出席者の中に知っている顔は少なく、燿子は改めて時代が変わったのだと思った。この華やかな世界に、もう自分の居場所はないのだ、と。

パーティー会場を抜け出す機会を探りながら、屋台の寿司を頬張っていたとき、皿の醬油《しょうゆ》をブルーのワンピースの胸にこぼしてしまった。

胸についたシミを、慌ててハンカチでぬぐっていると、

「し・ば・ら・く」

耳もとで囁《ささや》く男の声がした。

顔を上げると、昔一緒に仕事をした演出家が、柔和に微笑む顔があった。

かつては某テレビ局の看板ディレクターで、定年退職した後も、映画の監督として華やかな活躍を続けている人だ。

「唐沢さん、書いていますか？　またあなたと一緒に仕事がしたいなぁ。最近のライターが書くものは、どうも子どもっぽくてね。あなたのように色気のある脚本を書ける人が、ほんとにいなくなった」

何人もの有名女優と浮名を流しただけあって、相変わらず歯の浮くようなお世辞が板についている。

「そちらもお元気そうで。まだ恋をなさってますか？」

「またまた。もうじき八十ですよ」

はにかんでみせる笑顔も、どこか芝居じみている。

演出家との会話もじきに続かなくなって、燿子は、トイレに行くフリをしてその場を離れ、逃げるようにパーティー会場をあとにした。

帰りの電車は空いていて、すぐに座ることができた。

そしてまたもスマホを出してしまう。

見ると、沢渡から送られていた未読のメッセージがあった。

――あの時以来、私の隣には常に誰か女性がおり
それは今もずっと続いています
だからでしょうか
若い女はダメなんです
若い女性に全く関心が向かない男になってしまいました
ごめんなさい
この話を、東京に行って、お顔を見てからではできそうにないので

少しだけ私の癖をお話ししました

更に、三十分ほど間を置いて、もうひとつメッセージが届いていた。

――度々すみません
実は、もう何年も前に書いた原稿があります
それをお送りしてもいいですか？
唐沢先生にはどうしても読んで頂きたいのです
いいでしょうか

燿子は戸惑いながら、

――どうぞ。送ってください。

それだけ打ってスマホを閉じると、ハンドバッグの奥にしまった。
原稿？　たびたび見知らぬ人から、本や原稿を読んで欲しいと送られてきた、煩わしさがよみがえった。

沢渡の目的もそれだったのかと、急に気が重くなった。

家に着くと、時計はもう十時半を回っていた。

着替えを済ませてパソコンを開くと、フェイスブックのメッセンジャーのほうに、

――わがままを言って申し訳ありません
　取材のつもりで気軽に読んでいただければと

短いメッセージの下に、『思い出』と題した、添付ファイルがついていた。

開くとそれは、ボリュームのある原稿だった。

＊　＊　＊

荷台に揺られて移動するうち、いつの間にか眠っていたようだ。

車は大きな欅《けやき》の木の下に停まっていて、覆いかぶさる枝葉の間から、午後の陽がジリジリと照りつけていた。

蟬《せみ》が、耳をつんざくほど大きな声で鳴いている。

「蓮！　着いたよ！　さっさとしぃ！」

母の怒鳴《どな》り声に飛び起きて、軽トラックを降りる。

目の前に煤《すす》けたコンクリートの建物があった。

大きな寺の、広い敷地の一角のようだ。

気がつくと、手伝いのおじさんの車が走り去っていき、布団袋と数個の段ボール箱が、道端に放り出されていた。

建物の玄関に「陽だまりホーム」と、手書きの木札がかかっている。

「ほら！　そっちを持って」

母に促されて布団袋を持ち上げると、玉の汗をかきながら、一緒に階段を上がった。

引っ越し荷物を、二階にあてがわれた自分たちの部屋に運び終えるのに、何度階段を往復しただろう。

今日からこの「陽だまりホーム」の六畳一間が、ボクと母の節子《せつこ》と妹京美《きょうみ》の住処《すみか》になるという。また転校かと思うと、叫びたいほど恨めしい気持ちだった。

荷物をやっとのことで部屋に入れ終わると、母はボクと京美を左右に従えて、施設の男性職員の案内する台所と風呂場、そして便所と、共同使用の区画を見て回った。

その間、母はよほど機嫌が悪いのか、職員の説明に返事もせず、口を真一文字に結んでいた。

超のつくほど誇り高い女なのだ。

母の節子は、昭和九年に岡山の裕福な果樹農家の末娘に生まれた。子どもの頃は、何不自由ないお嬢さん育ちで、頭が良く、女学校卒業という学歴を何よりの自慢にしていた。

今ではどこから見ても、二人の子を抱えた貧しいシングルマザーに過ぎないのに、「育ちがいい」という誇りだけが、彼女の支えだったのだ。

門構えのある大きな屋敷には、沢山の使用人がいて、夜は絹の布団に寝かされていた。ところが戦争を境に、子ども時代の恵まれた暮らしが一変したのだそうだ。

終戦を迎え、やってきたGHQの政策で、実家が所有していた土地が安値で小作人たちに売り渡されると、一家の暮らしは急に厳しくなったという。

が、節子には都会に出て働くという希望があった。

岡山の女学校を卒業すると、大阪に出て、船場の繊維問屋に就職した。

頭の良さと、しっかり者の性格が見込まれて、二十代半ばの若さで店の経理を任せられたという自慢話を、何度聞かされたことだろう。

もし、その問屋の経営者だった西河豊蔵《にしかわとよぞう》と不倫関係になどならなかったら、母の人生はまったく違うものになっていた筈だった。

二十七歳になった頃、三年ほど続いていた社長との仲が奥さんにバレて、店を追い出されたあとも、母は西河との関係を終えることができなかった。

そして、三十歳のときにボクを、二年後に京美を産んでしばらくのあいだは、西河（つまり、ボクと京美の父親）からの援助もあったようだが、それもいつしか途絶え、今では自分だけの力で二人の子を育てている。

それでも、東大阪にある印刷会社の経理に雇われていた三年ほど前までは、なんとかやっていた。

が、その印刷会社も、オイルショックで倒産してしまったのだ。

突然職を失った母は、高槻《たかつき》の安アパートに移り住み、時間的に融通のきく家政婦の仕事を見つけたが、やっとその仕事にも慣れ始めた頃、家政婦斡旋所も潰れ、ついに貧困の極致になってしまった。

今、四十歳になった彼女が、二人の子を連れてたどり着いた場所が、大阪の中心街から電車で二十分ほどの所にある、このH区の母子寮だった。

ついに来るところまで来てしまった……と考えるにつけ、母は、自分の人生を狂わせた西河が、恨《うら》めしくてならないようだった。

カーテンのない窓から、赤い西陽が射し始めていた。

母が手早く作ってくれた、空きダンボールにデパートの包装紙を貼っただけの本棚に、教科書やノートを並べていたとき、隣の部屋の女性が訪ねてきた。歳の頃は母と同じくらいだろうか。シュミーズ一枚だけの姿で現れたおばさんが、手にした藁半紙《わらばんし》を突き出して、

「これ、なんて書いてあるんや。私、字読まれへんねん。読んでくれへんか」

と、挨拶もなく言った。

母が読み聞かせている内容は、子どもの通う小学校からの連絡らしかった。

彼女はそれを聞きながら、大股でボクの前に来ると、シュミーズ姿を恥じらうでもなく、ドカンと胡座《あぐら》をかいて座った。

そのときボクは、おばさんの下着にうっすらと黒い茂みが映っているのを、盗み見ずにいられなかった。母に見咎《みとが》められるのを恐れながら。

「あの人、識字教育も受けてないんやね。こんな所、私らが来るところではないわ」

後で辻《つじ》さんと知った隣のおばさんが出て行くと、母は呆れ顔で言った。

「あんたらには、なんとしても大学まで行かせてやるからね。しっかり勉強せんと、あかんよ」

母の口癖を聞きながら、ボクの頭の中は、最近始まった女体への興味でいっぱいだった。いくら追いやっても、おばさんたちの身体や、身につけている下着への興味がボクを追いかけてくる。

そのことを考えていると、心臓が早鐘のように打ち出して、手がどうしても腿《もも》の付け根で猛《たけ》り狂うモノのところに行ってしまうのだ。

辻さんは、何処にも雇ってもらえないのか、施設の部屋で髪のピン留作りをして、生計を立てていた。

数日後、ボクが風呂場でひとり入浴していると、今は男用の時間帯なのに、突然二階の松田《まつだ》さんがドアを開けて入ってきた。

「悪いけど、おばちゃんこれから出かけなあかんから、一緒に入っていいやろ」

恥ずかしかったが、ボクは黙って頷《うなず》いた。

おばちゃんと言っても、まだ三十三の松田さんは、森永の工場で働いていて、美人でも何でもないが、裸体はびっくりするほどグラマーだった。

ボクのことをまだ子供だと思っているから、前も隠さず堂々としている。

上を向いた乳首、くびれた腰の線、でっぷりしたお尻。見てはいけない剛毛で覆われた部分に、目がどうしても行ってしまう。

湯船の中で、下半身がムズムズしてくるのを抑えられずにいると、かかり湯をした松田さんは、股を大きく開いて浴槽に入ってきて、

「何年生になったんや」

と優しく話しかけてきた。

「五年生」

「モテるやろ。あんたは可愛い顔をしているからな。おばちゃんも同じくらいの年なら、あんたを好きになるわ」

と言うなり、ボクを抱きしめて、

「まだお母ちゃんのおっぱいを、飲んでるんやろ。おばちゃんのも飲むか？」

柔らかくて大きな両の乳房でボクの頬を挟むと、カラカラと笑った。


別の日。その日も風呂に入るため、脱衣所で服を脱いでいると、九鬼《くき》さんという若い母親が、乳飲み子を抱えて入ってきた。

H区には沢山の在日韓国人が住んでいたが、九鬼さんも朝鮮半島から来た人の一人だと、母から聞いたことがある。

眉毛を剃《そ》り、きつくメイクしたその顔は、子供の目にも水商売だとわかった。

九鬼さんは、抱いた乳飲み子を裸にすると、

「あのな、おばちゃん今から服脱ぐけど、びっくりしたらあかんで」

と言って、着ていたTシャツを脱ぎ始める。と、すぐにその意味がわかった。

九鬼さんの背中いっぱいに、牡丹《ぼたん》と夜叉《やしゃ》の刺青《いれずみ》が彫られていたのだ。

ボクが逃げるように風呂場に行って、浴槽に飛び込むと、微笑みながら湯船に入ってきた九鬼さんは、ボクに背を向ける恰好で、我が子を湯に浸からせていた。

目を丸くして見ていた九鬼さんの背中の真ん中で、牡丹の花が燃えるように開き始めた。夜叉の顔も赤く牙《きば》を剝《む》いている。

それを見ていると、なぜか涙が溢れてくるのだった。

別に悲しいわけでもないのに、涙が止まらない。

やがて、嗚咽《おえつ》をこらえられなくなっていると、九鬼さんが振り返って微笑んだ。我が子を抱いた九鬼さんは、湯船から上がると風呂場を出て行った。そして子供を脱衣所のベッドに寝かせ、急いで湯の中に戻ってきた。

「ごめん、ごめん。びっくりさせて」

両の親指でボクの頬の涙をぬぐうと、頭を抱え、その胸にしっかりと抱きしめられた。

「何で泣いとるの？　蓮ちゃん、何で泣くんよお」

九鬼さんに頭を撫でられながら、ボク自身も、泣いている理由がさっぱりわからないのだった。

その日以来、九鬼さんと共同浴場で会うことは二度となく、「逃げるように施設を出て行った」という噂《うわさ》がボクの耳にも入ってきた。

母の節子は、毎日、仕事を探すために家を出ては、夕方暗くなった頃に疲れた顔で帰ってきた。

「早くここを出て、家族三人、水入らずで暮らそうな」

聞き飽きた言葉を繰り返している。

でも、ボクの頭の中は、母子寮で出会ったおばさんたちのことでいっぱいだった。

学校は面白くもなんともなく、友達もできなかった。

授業が終わると一目散に寮に戻っては、妹の面倒などそっちのけで、おばさんたちとのふれあいに夢中になっていた。

三階の清水《しみず》さんは、病院の汚れ物を洗濯する仕事についていた。

いつも質素な服装で、顔にも化粧気がなかったが、どこか凛《りん》とした、母親として真の強さを感じさせるおばさんだった。

清水さんの部屋には二人のお姉さんがいて、母親に似て利発そうな姉妹は、大阪でも有名な府立高校に通っていた。

ボクが回覧板を持って部屋に行くと、薄く霞《もや》がかかったように垂れた、白いカーテンの仕切りの向こうで、二人の娘さんが机に向かっていた。

白いエプロンがよく似合う清水さんは、ボクが行くたび笑顔で迎えてくれた。

「蓮ちゃん、ごめんね。今勉強中だから、上がってもらえないけど」

と優しく言う清水さんは、ボクにとっては、永遠の聖女のような人だった。

他のおばさんたちと違い、男の匂いなど微塵《みじん》も感じさせず、子どものために一生懸命に生きる姿が垣間見える清水さんのことを、今でもときどき懐かしく思い出す。

そんな清水さんが、娘さんたちの卒業を機に、施設を出て行くことになった。

その日が来ると、一家で各部屋にお別れの挨拶をして回り、誰もがその母娘の旅立ちを祝し、同時に別れを惜しんでいた。

寮の誰とも親しくなれずにいた母の節子も、清水さんのことを話すときだけは、

「清水さんのようでなければいかんなあ。あの人が他人の悪口や陰口を言うのを、聞いたことがないわ。ほんとに聖母みたいな人や」

と言い、ボクもまったく同じ気持ちだった。


どこか日本人離れした顔立ちの、石井《いしい》さんという美しい母親は、学校給食の調理補助の仕事をしていて、いつか働きぶりが認められて、高給が取れる公務員になるのを楽しみにしていた。

石井さんはよく洗濯場で行水をしていた。

ボクは、おばさんたちとの交流をしているうちに、どんどん女体への興味が強くなって、彼女が行水を始めると、洗濯場に出かけて行っては、何気ない風にそこで遊んだものだっ

た。すると石井さんは、怒るでも恥ずかしがるでもなく、ボクを手招きして、一緒に行水をしないかと誘ってくれた。

嬉しくなって、盥《たらい》に入っていく。

「気持ちいいやろ。おばちゃん、毎日行水しているんや。暑い夜はな」

ほっそりとした体つきだが、全身が美しいキャラメル色で、肌はスベスベしていた。

あるとき、

「あんたもいつかおばちゃんでなく、若いお嫁さんと入ってあげや」

と言うなり、チンチンをつままれた。

ボクは驚いたが、そのつまみ方が面白いので、調子に乗って石井さんの乳首をつまんでは、二人でカラカラと笑い合った。

「あのな、おばちゃんな、あんたにして欲しいことあるんや。おばちゃんのここに、指を入れてくれへんか」

石井さんが、ボクに顔をくっつけるようにして囁いた。

その手に誘われるまま、指を入れると、石井さんは息を荒くしながら、

「おばちゃん、蓮ちゃんのこと好きなんよ。可愛い顔してるし、女の子みたいやから」

と、嬉しそうな顔をした。

それからというもの、石井さんは一緒に行水をするたびに、指を入れるように促し、ボ

クも断ることなく応じた。

しばらくして、清水さん一家が去った部屋に、林《はやし》さん親子三人が引っ越してきた。

林さんは三十六歳で、Ｇパン姿も若々しい、元気なお母さんだった。

ある日学校から帰ると、いきなりボクの手を引いて風呂場に駆け込み、中から鍵をかけると、急に柔和な顔になって、

「あんた、女の人のあそこを見たことないやろ」

と言った。ボクが答えに窮《きゅう》していると、

「なんやったら、おばちゃんが見せたろか？　内緒やで」

両手でボクの頬を優しく撫でている。

そのとき、ボクの心臓は爆発しそうになり、全身がガタガタ震えていた。

と、林さんは、

「静かにしいや、内緒やで。いいもん見せてあげるから。おばちゃんのやで」

小声で言いながら、Ｇパンのチャックを下ろすと、踝《くるぶし》までずり下げた。

そして、黄色のパンティも下げ、赤いトレーナーをお腹までたくし上げると、

「ええか。これが女の人のあそこやで。ほら、あんたもしゃがんで見んかいな」

と言って、ボクを座らせた。

林さんは、タイルの浴槽に右足を乗せると、黒い茂みをかき分けてくれるが、茂みが密集し過ぎてよく見えない。

「自分で開いて見たらいいで」

ボクは、恐る恐るその茂みに触れてみた。

次第に大胆になってきて、両の指で真一文字に走った縦線を開くと、上の方に赤く突起したものが見えた。

林さんは目を閉じ、「ふう、ふう、ふふふ」と、小刻みに喘ぎだした。

その声が次第に大きくなっていく。

ボクが、朱色に輝いている秘所に唇を近づけると、林さんはボクの頭を両手で抱えて、誘導し、舐めて欲しい所にあてがって、離そうとしない。

ボクは頭をクラクラさせながら、柔らかいその部分を舐め回した。

「どうや、いいか？　あんた、うまいなあ。たまらんわ、おばちゃん。あんたどこで覚えたんや？」

やがて林さんは、ヘナヘナとその場に崩れ落ちた。

「今度は、おばちゃんがいいことしたるえ。そこに立ってや」

と言われ、ボクが林さんの前に立つ恰好《かっこう》になった。

林さんは、ボクのズボンの中に手を入れると、チンチンを探しながら、

「おばちゃん、ドキドキするわ。あんた、内緒やで。こんなことわかったら、おばちゃん、ここにおられへんことになるえ。内緒やで」

と囁きながら、半ズボンとパンツを下げられるから、恥ずかしくてたまらない。

が、そんなことをされていても、ボクは勃起《ぼっき》をしなかった。

林さんはボクのチンチンを口に含んで、

「おいしい。おばちゃん、久しぶりえ。おいしいわ」

と言いながら、ペチャペチャと音を立てて舐め、頬ずりまでするのだった。

ボクは嬉しかった。

母は、京美と喧嘩するたび、ボクだけを叱った。そんなときの母の言葉はいつもきつく、今なら虐待と言われてもおかしくない叱り方だった。

家の中でも、学校にいても、ボクの存在を誰にも認めてもらえなかった毎日が、一気に輝きだしたのだ。

おばさんたちの要求に応えていると、誰もがうっとりとした顔になって、ボクを求めてくれていた。

ボクは、そんなおばさんたちの笑顔を見るたびに、自分も誰かの役に立っているのだ、生きていていいんだ、と思うことができた。

林さんにチンチンを舐められている間、全身を襲う快感で動けずにいると、

「あんた、はじめてなんやね。わかった。おばちゃんが口でしたるから、チンチンから出るものを出したらいいで」

今度は硬くなってきたチンチンを口に入れ、頭を前後に動かした。

ボクはもう爆発寸前で、突然おしっこが出そうな感覚に襲われた。

「おばちゃん、あかん、あかん。出る、出る」

と叫ぶと、ついに林さんの口の中で発射した。

林さんは不意をつかれたのか、むせたが、すぐにボクの発射したものを飲み込んだ。

うぐうぐしている口の中の動きが、ボクのチンチンに伝わり、なんとも言いようのない気持ち良さを感じた。

「ウグッ。おばちゃん、飲み込んでしもたわ。あんた凄い量やな。溜まっていたんやな。気持ちいいやろ」

林さんが聞いてくるが、ボクはそれどころではなく、ズルズルとその場に崩れ落ちた。

「おばちゃんも、下がビショビショになったわ」

後始末をする林さんの笑顔は、観音様のように優しく、美しかった。

その日から、あるときは風呂場で、あるときは屋上の物干しの陰で、林のおばさんと秘密の行為を繰り返した。

が、そんな林さんとの終焉《しゅうえん》はあっけなかった。

中学生になった春、ボクが学校から帰ると、林さん一家の姿が消えていたのだ。朝の登校時には見かけたので、ボクが学校に行っている間に引っ越しをしたらしかった。

林さんが勤めていた部落解放同盟の人が施設に来て、林さんの家財道具を軽トラックに積み込んで行ったという母の話で、被差別部落というものがあることも、そのときはじめて知った。

そんな林さんをはじめとする、おばさんたちとの関係が、僕たち家族が母子寮を出る中学二年まで続いた。

「誰にも言うたらあかんえ。言うたらえらいことに、あんたもおばちゃんもなるからな」

おばさんたちは繰り返し言い、ボクも、彼女たちとする秘密の行為に、なんとも言えないよろこびがあった。

が、誰との間でも、実際の性交に至ることはなく、おばさんたちの口とボクの指で、互いを慰め合っていた。

今ならわかる。子どもを抱え、働きづめだったおばさんたちは、皆、妊娠するのを恐れていたのだ。

おばさんたちはボクを抱きしめ、その手でボクのチンチンをしごいては、

「我慢してや。これで我慢してや」

と繰り返し、放出した白いものを手のひらで受けたり、頬張ることが多かった。

二十代、三十代の女性が、中学生のボクを捕まえて、

「おばちゃんでいいんか？　ほんまに私でいいんか？」

と言っていたその声を、大人になった今でもときどき、懐かしく思い出す。

今になって気づくのは、そんな彼女たちが、ボクとの秘密の行為を心から愉しんでいたということだ。

彼女たちは、ボクとの常識を超えた寄り添い合いで、何かにしがみつきたい思いを解消していたのかもしれない。

働きながら我が子を育てるために、年の釣り合う恋人を持つことも自らに禁じ、また、まともな再婚を望むこともできなかった彼女たちの性的な行為は、常に明るく、たくましく、皆、貧しくとも、弾けるほどの生命力があった。

＊　＊　＊

10

沢渡の長い原稿を読み終えて、気がつくと、深夜零時を過ぎていた。

それはあまりにも衝撃的な内容で、燿子にはまったく別世界のできごとだった。

これは重大な児童虐待ではないか。

たとえ本人たちが愉しんでいたとしても、子どもを相手にそんなことをしていた女たちの行為を、肯定することはできない。

が、一方で、なぜか嫌悪感がわいてこないのは、沢渡の原稿に描かれている人間たちの姿が、当時のありのままの現実で、そこに不思議な力があるとも思えたからだ。

世間的には恵まれない境遇にいた女性たちの、明るさと逞《たくま》しさに、共感と羨《うらや》ましさのようなものも感じていた。

そして燿子は、子どもの頃の希有《けう》な体験を、こうして伝えてきた男への警戒心よりも、好奇心と興味のほうが大きくなっているのだった。

と、そのとき、ＯＮにしていたスマホの着信音が鳴った。

——唐沢先生。夜遅くにごめんなさい
　まだ起きていらっしゃいますか？

沢渡からのラインだった。

——起きています。

——夕方はごめんなさい。ヘンな話をして
怒ってますか？
——怒ってなどいない。原稿も読みました。
——そうですか。ありがとうございます
唐沢先生。あなたには知って欲しかった
ボクが抱えてきた闇を
わかって欲しかったんです
燿子が返事を躊躇っていると、
——電話で話しませんか？
唐突な申し出だった。
けれども、なぜか即座に、

――ラインの電話にしましょう。かけてくれますか?

と答えていた。


「こんばんは」

「こんばんは」

「初めてですね。唐沢先生の声を聞くのは」

「……。先生と呼ぶのは、やめてください」

ぎこちないやり取りだった。

気まずい沈黙に耐えられなくなって、燿子が先に口を開く。

「沢渡さん。あなたはいったい、私に何を求めているの?」

「それは……。唐沢先生なら、ボクの人生相談の相手になってもらえそうな気がして」

燿子は何も答えられない。

「先生。あの文章はボクの原体験です。ボクはこれまで沢山の女性と関わりを持ってきましたが、あの話は誰にもしたことがありません。でも、先生には読んでいただきたいと思いました。どうしてそう思ったのかは、自分でもよくわかりません」

沢渡が、言葉を探しながら語っている。

「あなたの経験に比べたら、私はまったく何も経験していない。それより、原稿を読ませてもらって、今回、あなたが私に会いたいと言ってくれた意味や動機を、大きく誤解していたかもしれないと思ったの」

「……。どういうことでしょう。よくわかりません」

「人生相談なんて。私は、あなたのような人のことを洞察して、的確なアドバイスができる力など、何ひとつ持ち合わせてはいませんよ。でも、読ませていただきありがとう。感銘を受けました」

「ボクはただ、先生に知って欲しかったんです。『普通』を手に入れるために、喘ぎ、苦しみ、潰れる人たちが当たり前にいることを」

「……」

「知って欲しいというよりも、感じて欲しかったのかな」

そこでまた、二人のあいだを沈黙が支配した。

やがて、燿子が口を開く。

「私には、あなたのような経験はないけれど、誰に対しても、想像力と共感力のある人でいたいと、生きてきたわ。だから脚本を書いている、とも思っています。でも、今日のあなたの原稿には、何か計り知れないものを感じて、うろたえてしまいました」

「そうでしょうね。ごめんなさい」

またも会話が途切れ、長く、重い沈黙が続いた。

「あれは一種の、児童虐待。大人の、子どもに対する性暴力と言えませんか？」

と、今度は即座に強い言葉が返ってきた。

「それは違います。ボクが嫌だと思うことは一度としてなかった。彼女たちは、どこまでも優しく接してくれました。子ども心に、おばさんたちは皆、寂しいんだとわかっていた。だから、ボクにできることはしてあげたいと……」

燿子が言葉を探していると、

「それに、彼女たちは先生が想像するような、おばさんではありませんよ。二十代から三十代の半ばでした。若かったですね、今にして思えば」

「……」

と、突然沢渡が、それまでと打って変わった、明るい調子で言った。

「先生、東京行きのチケットを予約しました。でも、会ったら子どもの頃の話は、聞かないでくださいね。今のボクを知ってもらいたいんです」

が、燿子のほうは、彼のように簡単に切り替えられない。

「お願い、あなたが私に何を求めているのかがわからない。どうして私を欲しいなんて言うのかが、わからないの」

「ボクは先生に、何も求めてはいません。あなたの普通でない作品から、十分、生きる術《すべ》を教えていただいたし。あ、ひとつだけ求めているものがある。聞いていただけますか?」

燿子は緊張した。

「何かしら……」

「あの、東京に行ったら、宿泊先を与えてください」

思いがけない言葉に拍子抜けし、同時に怒りがわいた。

「! 私の家に泊めろということ?」

冗談じゃない、と思っていたとき、

「シュラフを持っていきます。ダメですか?」

あっけらかんと言われて、思わず笑ってしまった。

「お願い。あなたはSNSで知り合ったばかりの人よ」

「ごめんなさい」

「私がホテルを予約しておきます」

燿子はきっぱりと言った。

「わかりました。お願いします。もちろんホテル代は自分で払います。ただ、先生とゆっくり話がしたい。それだけです」

11

毎日のように来ていた沢渡からの連絡が、ぷっつりと途絶えた。

その間、彼のアクセスを待ちながら、燿子は迷っていた。

あの男とは、経てきた人生があまりに違い過ぎる。

やはり、東京で会うというのは断ったほうがいいのではないか。

一方で、ものを書く人間の習性か、自分がこれまで知らなかった世界の話をもっと聞いてみたい、沢渡のことを、もっと知りたいとの欲求もわいている。

彼は私に、これまで誰にもしたことのない話を、正直にしてくれた。

彼から何を求められているのかは未だにわからないけれど、自分も今の迷いをぶつけてみたら、その先に、わかることがあるかもしれない。

私も一度、正直になってみよう。

年も押し詰まった十二月三十日、燿子は、沢渡蓮に宛てて長いラインを送った。

——沢渡蓮さま
考えてみると、私はあなたから何を望まれているのかと、それぱかりを尋ねてきましたね。でも、それは間違っていた、狡《ずる》いことだと気がつきました。

あなたに問うのでなく、私自身が何を求めているかのほうが、大事なのだと。

だから今日は私から、今の気持ちを正直にお伝えしますね。

私もたいへん気難しい、不器用な人間です。年相応に大人の女でもありません。

あなたがもし私に、母の役割を求めているなら、その要望に応えてあげられる自信がありません。

いや、もっと軽やかに、と言われるなら、それも上手にできるとは思えません。

これが老いというものなのでしょうね。

私はもう、遊びを楽しめる齢ではないのです。

結婚した夫を含め、何人かの男と深く関わっては別れる経験をしてきて、そのたび立ち直ることができたのは、今より若く、元気だったからでしょう。

今、私が求めているものは、安心と信頼。そしてほんとうの解放です。

それらを私は、男性とのあいだで、一度も味わったことがないのです。

でも最後にもう一度だけ、と思うことが怖いのです。

疑《うたぐ》り深く、いい歳をして往生際の悪い私は、これまで経験したことのない愛を、求めているのかもしれませんね。

だから、あなたにその覚悟がないのだったら、今のうちに逃げてください。

ここ何日かのドキドキは、とても素敵な感覚だったけど、その感覚を思い出にして終わりにしたほうがいいでしょう。

あなたが好奇心に遊ぶだけの人なら、私は自分が求めている安心ができない。

そこを受け止めてくれる人だったら、きっとあなたと、真っ直ぐに向き合い、惜しみなく愛を捧《ささ》げるでしょう。

正直にお伝えした今、ボールを持っているのはあなた。

どうぞあなたが決めてください。

このまま、フィフティ・フィフティでボールを投げたり、返したりを続けるのか、それともボールを持って去っていくか。

もう誰とも別れるのは嫌なので、二度としたくないので、自信がないなら今のうちに、会わないままお別れしましょう。


その夕方、サックスの練習をしていたとき、ライン電話が鳴った。

彼はどんな返事を返してくるだろうと、緊張して出ると、

「燿子さん。どうして、そんな悲しいことを言うんですか！」

叫ぶような、沢渡の泣き声が聞こえた。思いがけないことだった。

「まだ何も始まってないじゃないですか！　嫌だよ！　お願いだから、一度は会ってくだ

さい！　お願いだから、別れるなんて言わないでください！」

叫びながら、泣きじゃくっているようだ。

電話の向こうで、立派な中年男が泣いている。

燿子はうろたえ、慌てて言った。

「どうしたのよ。私は別れるなんて言っていない。沢渡さん、お願いだから落ち着いて」

必死でそう言っても、泣き声は止まなかった。

「いいわ。待っている。東京にきてください。会いましょう」

それでもスマホから聞こえてくるのは、男が、子どものように泣きじゃくる声だけだ。

「ねえ、いったい何処からかけているの？　お願いだから、泣かないで」

「札幌駅です。歩いてる人たちが、不思議そうに見てますよ。おかしいですよね、こんな大の大人が、駅の人混みのなかで泣いてるんだから」

沢渡は、ようやく笑い混じりに言ったかと思うと、

「ごめんなさい。燿子さん、ありがとうございます。行っていいんですね？　会ってくれるんですね？」

いきなりシリアスな声になって、懇願した。

「勿論《もちろん》よ。楽しみにしているわ」

電話を切ったとき、燿子は感動していた。

この歳になって、あのように泣ける男がいるのだということに。

自分はもう、何があっても泣けない女になっている。

だのにあの男は、まだ会ってもいない女に向かって、しゃくり上げるような嗚咽《おえつ》を繰り返していたではないか。

つくづく沢渡のことを羨ましいと思った。

そしてその夜、二人は、またも長いラインで、お互いの気持ちを打ち明けあった。

――蓮さま
私は、あなたと違って、泣くことができない人間です。

ときどきそれをコンプレックスに思うことがあるの。

自分にも温かい気持ちや、優しい気持ちはあり、感情の機微も人並みにわかっているると思うのに、涙が出るまでの高まりにならないのです。

心のどこかを栓で塞いじゃっている感じ、とでも言えばいいかしら。

そういう自分を逆手にとって、創作を始めました。でも、私のドラマはどの作品も、普通の作品にあるようなピークや盛り上がりが少ない。ここで泣けるというところがありません。

あなたのように、そこを好んでくれる人もいるけど、想像力のない視聴者に、私の作品はまったく響かない。思いは熱いのに、表現は淡々《たんたん》としてしまう。
それは泣けない女が書いているからだ、というコンプレックスがありました。
泣けない私は、泣けるあなたを羨望しています。

――唐沢先生
本当なら、男の私が挑まなければいけない人生なのに
私はこれまで、いつも女性の胸に隠れて、乳を吸う赤子のように
いつまでも自立できない、肉の塊《かたまり》でしかなく生きてきました
そういう私は、体験からくる言葉や活字に惹かれてしまう
最初にお伝えした、理路整然の中に、あなたには本当の愛がある
泣いてしまったのは、あのラインを読んで
そのように感じたからでした
あなたは幻想と言うかもしれないが
あんなレターをいただいたら泣くでしょ
でもね、私にはあなたに返すものがまだまだあります
それを渡すまでは、薄っぺらな男にも意地がある
それをお渡しできるまで、ずっと側にいてほしい

あなたの期待に応えられるかは別として
嫌な思いだけはさせません
先生、今度そちらで二人の時間があれば、何も語らず
ただ静かに触れ合っていたいです
今後、あなたを守っていけるかはわかりませんが
離れたりしない関係を築きたい思いでいます

——蓮さん。

私は、今回のあなたとの出会いで「自分を偽らない」を試そうとしています。

これまでは、相手を手放したくなくて、少しの違和感があってもそれを飲み込んで、相手に嘘をついてきたという思いがいつもありました。

でも、もうそれをしないとしたら、この人はどこまで受け止めてくれるだろうかと、むしろ私のほうが、あなたを試しているのかもしれませんね。

嫌なものはちゃんと嫌と言う。それができないと、これまでと同じことの繰り返しになってしまう。

もうそれはしないと、自分に言っているのです。

遊びでない向き合い方をしましょう、ということです。ごめんなさいね。

でも、こんなややこしい私に興味を持ってくれてありがとう。
会って、身体を悦ばせてしまえばもう俺のもの、と思っていませんか？
そうだとすれば、私はまた苦しむことになる。
この歳になっても、まだ求めているのは、ほんとうの信頼です。
夕方、あなたから泣かれて、電話を切ったときに思いました。
この人なら私に真正面から向き合ってくれるかもしれない。
私のほうも、真正面から向き合えるかもしれないと。
でも、しんどいですよ、私とつき合うのは。
ほんとうにその覚悟がありますか？

――唐沢先生
私もこれまで、沢山の方とご縁があり、ここまできました
それで今、ひとつだけ言えることがある
あなたとの出会いは、これまでの方に申し訳ないが、諦められません
自分でも驚くほどときめいています
もう十分だよねと思い、何度その思いを整理しようとしても
あなたが現れます

それは、あなたの才能に惹かれるのも一つ。人間力も一つです
こんな感覚は、これまで一度も経験したことがなかった
私など、あなたの前では到底敵《かな》わないことはわかっていますが
もう引き返すことができない所まで来てしまいました
小細工などせず、己を鼓舞してあなたと向き合いたい
その気持ちがあるだけです
どうか私から離れないでください
私の魂と、ずっとつき合ってください
お願いします

12

一年が終わろうとしていた。

昨日までの穏やかな日常がひび割れて、その隙間から入ってくるものが、どんな変化をもたらすことになるのだろうか。

それを測りかねたまま、燿子は、黒豆や、野菜を煮たり、大根と人参の千切りを甘酢につけたりと、最低限のおせちを作りながら、大晦日《おおみそか》の夜を迎えた。

テレビでは例年通り、京都の寺で鐘《かね》をつく僧侶たちや、神社の前に初詣の人びとがひしめく映像が流れ始める。

やがて、日本じゅうが新しい年を迎えた午前零時きっかりに、スマホの着信音が鳴って、ラインが届いた。

——あけましておめでとうございます
ボクたち二人にとって、新しい年のスタートです
こんな時なので言わせてください
燿子さん、好きです

あっけらかんとした年始の挨拶に添えて、ユーチューブから選んだ曲のリンクがあった。

それは、ONE OK ROCK という若いロックグループの『Wherever you are』という、美しい歌声のラブソング。二十代の恋人たちがするようなことだと面はゆさを覚えながら、再生ボタンを押した。

燿子は聴きながら、沢渡の意表をついた行為に、年に似合わず、胸が高まっているのだった。

約束の日が近づいていた。

三が日の過ぎるのを待って、燿子は、最近六本木にオープンした、宿泊代もリーズナブルなシティ・ホテルのダブルルームを、自分の名で予約した。

それを沢渡にメッセンジャーで伝え、彼の二泊三日の東京滞在中、何処に行きたいか、何をして過ごしたいか、何を食べたいかなどを、文字で楽しく語り合った。

そして最後に、ここ数日考えていたことを、正直に伝えた。

――ひとつだけ、
お願いがあるの。

――お願い？

何だろう

――その夜、
あなたのホテルについて行くかどうかは、
私に決めさせて。

手の中の画面に、空白の間ができた。

先刻まで、相手の言葉を待つのももどかしいほど矢継ぎ早に、機関銃のように打ち合っていた会話のペースが突然止まり、遠く離れた二人を繋ぐ糸が、ピンと張った。

やはり唐突だっただろうか。もう少し丁寧な説明を加えるべきかもしれない。考えていると、メッセンジャーの下段にある三点リーダーが再び動き出し、やがて文字が表れた。

——わかりました

いいですよ、それで

急に、他人行儀な丁寧語になっている。

——わがまま言ってごめんなさい。

と、また数秒の空白ができ、しばらくして、三点リーダーが再び元気に躍り出した。

——大丈夫。あなたはついてきますよ、必ず

ボクはついてこさせる自信がある

やはり彼は、自分と寝るのを既定のことと考えている。

でも、私はまだ、それを決めてはいないのだ。

沢渡が電話の向こうで泣く声を聞いて、真剣に向き合ってみようと決意したものの、この先、男女の関係が始まるか始まらないかは、直接会ってからになる。そこは釘を刺しておかねばならない。

東京に来てもいい、会って話をしてみようと言ったのは自分のほうだ。

だからといって、すべてを受け入れたと思ってもらっては困る。それが燿子の気持ちだった。会う前に、たくさんのことを語り合い、心では互いを理解し合い、信頼が築き合えたとしても、肌感覚で受け入れられるかは、また別の話だった。

燿子は、愚かなほどに、感覚の許容範囲が狭い自分を知っている。

軽やかに遊ぶことができる人間でも、齢でもないことも。

自分の肉体は恥ずかしいほどに衰えている。それを誰かの前で晒《さら》すには、周囲に何と言われようと気にしないほど、強い衝動が必要だった。

そして彼女は、沢渡蓮という男が、今自分を支配している怖れや気後《きおく》れを、簡単に覆してくれる男であって欲しいと、願ってもいるのだった。

蓮が札幌からやって来る日が二日後に迫っていた。

燿子は思い立って、世田谷にある画廊喫茶に潤を訪ねた。

潤とは、ひと月ほど前に西麻布の『深村』で、繁美と美紀子と四人で会って以来である。

あのとき、夫の孝之との別れの思い出を涙ながらに語っていた潤は、元気でいるだろうかと気になっていた。

潤の状態によっては、沢渡とのことを打ち明けて、彼女の意見を聞いてみたい。ＳＮＳで知り合った、見ず知らずの男と会うことにしたと言ったら、潤はどんな反応を示すだろうか。

繁美にはとても言えないことだった。でも潤になら話せるような気がする。

「どうしたの、突然？」

以前、孝之がいたカウンターの中から、潤が、嬉しそうな笑顔で迎えてくれた。

窓側にあるテーブル席に、ひと組の老夫婦が向き合っているきりで、ランチタイムが過ぎた今は、店も暇なようだ。

ボコボコとサイフォンの鳴る音がして、潤がコーヒーを老夫婦のもとに運んでいるあいだ、燿子は店の壁にかけられた、亡き孝之の絵の一枚一枚を時間をかけて見ながら、在《あ》りし日の孝之を偲《しの》ぶ。

店に流れる音楽も、彼の好きだったバッハのままだ。

「ひとりで切り盛りするのは大変でしょう？」

カウンターの中にいる潤の向かいに座って、尋ねる。

「大丈夫よ。満席になる日なんて滅多にないもの。最近、お客さんが減っているのは、私が淹《い》れたコーヒーが、孝之のほど美味しくないからじゃないかと思うことがあるの」

と言って、心細そうな笑みを見せる潤は、相変わらず美しく、とても七十歳とは思えない。

丹念に化粧をした横顔を見ながら、やはり彼女は、まだ孝之との追憶のなかにいるのだ、と思った。とても自分の話などできない。

「どうしたの？　燿子の新しい恋の話なら、聞きたいな。元気が出るから」

図星だった。

「どうしてそんなことを思うの？」

「どうしてだろ？　あなたが入ってきたとき、何か、艶《つや》っぽくなったなと思って」

「そんなこと、あるわけないわ」

やはり、フェイスブックで知り合った男と、明後日会うことになっているなどとは、口が裂けても言えない。

「潤の顔が見たかっただけよ。元気でよかった」

友が淹れてくれたコーヒーを、ゆっくりと味わう。

「燿子はいいわね」

「……どうして？」

「あなたには紗江ちゃんがいるわ。でも、私にはもう、血のつながった人がひとりもいなくなってしまった。ときどき考えることがあるの。私が部屋で死んでいても、何日も誰にも気づかれず、死んだ自分の身体が腐っていく。最近、よくそんなことを想像しては、ゾッとなるのよ」

燿子の脳裏に、美しい潤の肉体が腐乱していく光景が浮かんだ。

そして、その幻影が、逗子のマンションのリビングで倒れ、自分の身体が腐っていく幻想へとオーバーラップしていく。

「子どもがいたって、一緒よ。紗江が電話をかけてくるなんて、月に一度もないわ。私だって同じ。だからせめて他人様に迷惑をかけないように、マメに連絡を取り合おうね」

燿子の言葉に、潤が寂しそうな笑みを浮かべて、頷く。

人は皆、生まれるときもひとりなら、死ぬときもひとり。

死んでしまったら、家族に囲まれて泣いてもらおうが、腐乱死体になって焼かれようが、当の本人にはもうわからない。

人の人生で、絶対的なものは、死だけだ。

だから、生きているうちの今を、思い切り生きよう。

そんなことを潤と語り合い、画廊喫茶を後にした。

帰り道、渋谷のデパートに寄って、地下で食材を見つくろったあと、突然の衝動にかられて、ランジェリー売場のある三階に向かった。

沢渡と会った日に、話をしただけで別れると、まだ決まったわけではない。なり行き次第では、予約したホテルで一夜を共にすることになるかもしれない。いつ、どんな状況になってもいいように、準備だけはしておきたい。

ランジェリー売場に入って行くと、気後れするほどカラフルな下着やネグリジェが並ぶ、まばゆいばかりのディスプレイに迎えられた。

重信と別れて何年も過ぎた今は、できるだけシンプルで機能的な綿の下着しかつけなくなっているので、どんなものを選べばいいか、見当もつかない。

並んだ夥《おびただ》しい数のランジェリー群は、どれも若い女性向きのようで、自分の齢に相応《ふさわ》しい下着など何ひとつないように思われた。

淡いラベンダー色のレースをあしらったパンティを、手にとって眺めていると、若い店員が近づいてきた。

「お手伝いをしましょうか？」

「あの、娘に誕生日プレゼントを、贈りたいのだけど、迷ってしまって」

咄嗟《とっさ》に口をついた嘘のために、事態は更に難しくなった。

「お嬢様は、お幾つですか？」

「あの、丁度、四十に」

「それはおめでとうございます！」

店員が棚から選んで手に取ったのは、燿子がつけるにはとても若過ぎる、斬新なブルーとバラ色の花柄のパンティだった。

「こんな感じのは、如何でしょう？」

「素敵ね。これにするわ」

そう答えるほかない燿子に、店員はにこやかに言った。

「バースデー・プレゼントでしたら、お揃いのブラジャーも、ぜひ！」

「そうですね」

「お嬢様のサイズは？　ご存知ですか？」

「……私と同じくらいです」

「奥様のサイズは？」

「どうだったかしら……。最近、計ってなくて」

「では、お計りします！　こちらへどうぞ！」

結局、試着室に連れて行かれ、サイズまで計ってもらった挙句、揃いのキャミソールまで買う羽目になってしまった。

家に戻り、食料を冷蔵庫におざなりに放り込むと、燿子は買ってきた下着の入った紙袋を持って、寝室に急いだ。

包みから取り出した下着をつまんで、とてもこんな派手なもの着ていけないわと、ため息をつく。

それでもやがて、服を脱いで、買ったばかりのブラジャーとパンティ、その上に揃いのキャミソールをつけ、全身の映る鏡の前に立ってみた。

我が身の衰えと下着の優雅さが、いかにもチグハグに思える。

お腹の膨らみ、くすんだ肌の色、そしてウエスト周りにも、黒いシミが点々と浮いている。自己嫌悪がつのった。

こんな格好で、十五も若い男の前に立つと言うのか。

そんなこと、とてもできそうにないと思いつつ、華やいだ気持ちにもなっている。

どうするの、燿子？

13

空には重い雲が垂れ込めて、今にも雨が降りそうな朝だった。

今日から月曜日まで、三日の休みをとってやってくる沢渡蓮は、九時五十分発の便で、新千歳空港を飛び立つことになっている。

「憧れの唐沢燿子先生に、会いに行きます」

昨夜蓮から届いた最後のラインをもう一度確かめると、キッチンに行き、飲み終えたコーヒーカップを洗う。

たった一個のカップを時間をかけて洗い終え、布巾で丁寧に拭きながら、年甲斐もなく動揺していた。

フェイスブックで知り合っただけの、若い男と会うことになった。その現実を前に、彼女の胸にあるのは、不安と期待の入り混じった、緊張だった。

と、スマホの着信音が鳴った。

――唐沢先生。おはようございます

空港で搭乗を待ちながら

FBを開けて、あなたのアイコン写真を見ています

綺麗です

自分の緊張をよそに、相手のあっけらかんとした調子に、気が重くなった。それでも努

めて明るく、

——そんなに気張らないで。
あの写真は『偏愛』の頃だし、修正しまくっているのよ。
吃驚しないでね。
実際はかなりシワシワだから。

と、返す。

——いや。その現在の唐沢先生が
ボクは好きです

そんな軽い言葉にも、なかなか浮かれた気分になれない。

——こちらはあまり天気が良くないの。
札幌はどうですか？

――こっちも雪が降り始めました
先生。ボクは
唐沢先生を敬愛しています

――ありがとうございます。

私はまだわからないわ。会ってみないと……。

――そうですね
安易に言葉は出さないようにします
ごめんなさい
羽田には、十一時二十五分頃に到着します
待ち合わせ場所をもう一度教えてください

蓮からのメッセージは、そこで途切れた。

飛行機に乗ったのだろう。

燿子は、スマホをバッグに仕舞い、もう一度玄関の鏡で全身をチェックすると家を出た。

電車に乗ってシートに座り、再びスマホを取り出す。

――JAL便は空港第一ターミナルの一階到着ロビーに出ます。

出会いのひろば・南で待っています。


と打って、ラインの送信ボタンを押した。


蓮が乗ったJAL便の到着サインが出てから、もう十分以上が過ぎていた。

なのに、到着口からなかなか蓮らしき男が出てこない。

昨夜のラインでは、互いの目印に、蓮が赤と黒のグレンチェック柄のマフラーを、燿子は淡いピーチ・ベージュのロングコートを着て行くと伝え合っていた。

が、辺りをいくら見回しても、沢渡らしき男が見当たらないのだ。

どうして来ないのだろう。

スマホのラインは、何度確かめても、待ち合わせ場所を伝えたものに既読の文字がつかなかった。

立て続けに三回かけた電話は、呼び出し音が鳴るだけだった。

イライラと蓮の姿を探すうち、燿子は突然、声を上げそうになった。

騙されたの……？

思った途端、その疑念が、どんどん膨らんでいく。

この三ヶ月、沢渡蓮という男は、SNSで自分を口説くフリをし続けて、その遊びの成功を見届けると、筋書き通り消えたのだ。

疑念は早くも、確信に近くなっていた。

ラインが既読にならず、電話にも出ないのが不気味だった。

やがて、脳裏に、札幌の暗い部屋で息をひそめ、遊びの幕切れを楽しんでいる男の像が浮かび、全身に汗が滲《にじ》んでくるほどの怒りを覚えた。

ひどい。これは酷《ひど》すぎる。

まんまと騙された自分の愚かさを呪い、その場にしゃがみ込みたくなるほどの屈辱《くつじょく》でいっぱいになっていた。

これがSNSというものなのか……。

砂を嚙むような思いで見上げた時計の針が、十二時を指している。

到着時刻から、もう三十分が過ぎていた。

もう一度電話をかけて出なかったら、一刻も早くこの場から去ることにしよう。

年甲斐もないこの屈辱も、自業自得と思うしかない。

燿子は、険《けわ》しい顔でライン電話のボタンを押すと、耳に当てた。

と、二度目の呼出音の途中で、

「燿子さん！　どうしたんですか？」

聴き慣れた蓮の声が、叫《さけ》んでいた。

「……燿子さん？　沢渡ですが……」

茫然《ぼうぜん》と聞くうち、新たな怒りでいっぱいになった。

「あなた、何処にいるの？　到着ロビーで待っているのよ！　どうしたのよ！」

思わず、叱りつけるように言うと、

「先生。ボクも随分前から、待っていますよ。到着ロビーの出会いのひろばで」

その声を聞いて、やっと合点がいく。

「沢渡さん。ひょっとしてあなた、出会いのひろば・北で待っていない？」

「ええ、そうですよ。北ですが」

と、相手の、のんびりした声が聞こえている。

「……！　あなた、私のメッセージを最後まで読んでないのね？　待ち合わせは、南と書いたでしょう？」

しばらくの間があって、

「あ、ごめんなさい！　ボクが間違って……」

燿子は、大きなため息をつくと、

「とにかくそこで待っていて。私が行くから、動かないでね！」

苛立たしげに電話を切った。

数分後、北の出会いのひろばに行くと、人ごみの向こうに蓮らしき男を見つけた。首に赤と黒のグレンチェックのマフラーを巻き、肩からバックパックを下げている。

はじめて直に見る沢渡蓮は、五十五歳という年齢よりも、少し若く見えた。

それにしても、なぜ、あらぬ所を見ているのよ。

先に自分を見つけて、気づかぬフリをしているんだわ、と思いながら、五メートルほど手前まで近づいたとき、男が突然気がついた風に笑顔を見せた。

「あ、沢渡です」

ペコリと頭を下げる。

「済みませんでした、移動させてしまって」

と、足を踏み出した蓮から、燿子は視線を外す。

「ずっと待っていたのよ」

呟く言葉に、苛立ちが隠せなかった。

蓮は、会うなり「この田舎者《いなかもの》！」とでも言われたような顔で、うろたえながら、

「ごめんなさい。すいません」

何度も謝りの言葉を繰り返すばかりだ。

燿子のこわばりもすぐには消えず、二人のあいだを沈黙が支配した。

しばらくして、やっと燿子が不機嫌そうに口を開く。

「騙されたと思ったのよ。送ったラインが既読にならないから。電話にも全然出ないし」

「電話、くれてたんですか！　ごめんなさい！　全然気づかなかった……」

蓮が慌てて詫《わ》びの言葉を繰り返した。

「悪質なイタズラだったと、思って……」

燿子が憮然と言うと、

「イタズラ？　そんな！　そんなことあるわけがない！」

蓮が必死で否定する。

「SNSで遊ばれたと思ったのよ。会うことになったら消える。悪質なイタズラだったと、思ったの」

「そんな……！　そんなことあるわけないじゃないですか！」

蓮が待ち合わせ場所を間違えたことで、二人の直接の出会いは、いきなり気まずいものになった。

燿子は、なかなか気持ちを切り替えることができず、

「モノレールに乗ります。行きましょ」

ぶっきら棒に言うと、歩き出した。

その背を追って、蓮が慌ててついてくる。

気まずさが募って、モノレールの中でもスマホを弄《いじ》って、会話を遮断した。

このまま終わってしまっていいのか、と考えると、いかにも大人気ない気もする。どうしたらいいのだろう。

やがて燿子は、意を決してスマホをバッグに収めると、顔を上げた。

モノレールの窓際に立つ蓮が、近づくレインボーブリッジを見ている。

その横顔の険《けわ》しさに戸惑っていると、

「燿子さん……」

彼が向き直り、はじめて名前を呼んだ。

呆《あき》れるほどぎこちない声だ。

「ハイ。どうしたの？」

やっと、小さな笑みを返すことができた。

「あの……、二時間前まで札幌にいたことが、不思議でならないです。今、こうして燿子さんと、東京で会っていることが……」

神妙な言い方に、少し気持ちがほぐれた。

「本当ね。フェイスブックで知り合って、まだ、三ヶ月しか経っていないのに」

そのとき、垂れ込めていた雲に裂け目ができて、東京湾の水面がきらきらと光った。

「私たち、この三ヶ月のあいだに、とてもたくさんのことを、話し合ったわ」

燿子が独り言のように呟く。

好きな本や映画、そして政治の話など、沢山のことを語り合ったが、蓮のプライベートなことを、彼女はまだ何ひとつ知らないのだった。

もう五十五歳にもなる男だ。家族があるのかもしれない。いや、離婚をしたあと、何人もの女性と関係を持ちながら、今はひとりでいるのかもしれない。

そういうことの一切を、燿子は聞かないでおこうと決めていた。

彼にどんな個人的な事情があるにせよ、今はそれをはっきりさせようとは思わない。

自分がその男を必要と思えるかどうか。重要なのはそれだけだ。

直接会った彼に、自分がどんな直感を持つのかだけに興味がある。

余計な前情報でそれを鈍らせたくなかった。

今夜、彼と抱き合って眠るのか、明日からの二人の関係がどのくらい続くのか、また終わるのか。

すべて自分の、そのときどきの気持ちに任せればいい。

そんな思いで、今、燿子は感覚を研ぎ澄まして、沢渡蓮を観察していた。

あんな疑いを持った自分が恥ずかしいと思う反面、こうして彼と会って、「違う」と思わないことに、ホッとしてもいるのだった。

がっしりとした身体に、力強さと色気がある。大丈夫かもしれない。

「三日間、お世話になります。よろしくお願いします」

蓮が丁寧に頭を下げると、

「こちらこそ」

見上げた燿子が、柔らかな微笑みを返した。


六本木のホテルで、蓮がアーリー・チェックインを済ませ、自分の部屋にバックパックを置きに行っているあいだ、燿子はロビーのベンチで待っていた。

「東京の、きらびやか過ぎる所は苦手です。先生がいつも行かれるような高級レストランとかも、やめてください。田舎者のボクが、気楽にいられる店でお願いします」

東京に来たのは、高校の修学旅行以来だということ、あまり賑やかな所には行きたくないということなどを、ラインでも電話でも、蓮は繰り返し言っていた。

「ひとつだけお願いがあります。東京に行ったら東京タワーに昇ってみたい。案内していただけますか?」

夕方、日没の時刻に合わせて東京タワーに行くことだけは決めて、それ以外はあえて予定を立てずにおいた。

エレベーターが開いて蓮が戻ってくると、

「教会なんて、興味ありますか？」

待っている間に考えておいた、お茶の水のニコライ堂に行ってみないかと提案する。

「教会、いいですね。何処でも、先生にお任せします」

蓮はまだ緊張が解けないのか、他人行儀に答えた。

六本木から地下鉄に乗り、日比谷で乗り換えてやってきたニコライ堂は、さすがに見学者もまばらだ。

「ここは、明治時代に建てられた、ロシア正教の教会よ。関東大震災のときに、鐘楼が壊れてしまったので、復元までのあいだは四国の松山にあった聖堂を解体して、移築したというわ」

「思い出した！　ニコライ堂。たしか夏目漱石の小説にも、出てきますよね。あの小説は『それから』だったかなぁ？」

「そうよ。ここのことは、与謝野晶子の歌にも詠《よ》まれているわね」

燿子は、蓮が聖堂内のドームの天井、ステンドグラス、金の燭台や宗教画のひとつ一つを熱心に見て歩いている姿を、好もしく眺める。

自分に対してよりも、案内した場所のほうに関心を持っている姿に、素直に安堵した。

ニコライ堂を出ると、午前中、重く雲の垂れ込めていた空が、嘘のように晴れわたっていたが、強い風が吹いていた。

ここからほど近い所に、かつてドラマのスタッフたちとの打ち合わせに使ったブック・カフェがある。

その店『エスパス・ビブリオ』に案内すると、蓮の目がさらに輝いた。

ニューヨークの、作家かデザイナーが住まう家のリビングルームのように、三方の壁の天井まで届く書棚に、びっしりと世界の書籍や画集が並んでいる。

そのスタイリッシュな空間を、蓮はたいそう気に入ったようだった。

「さすが東京だなあ。なんだか夢を見ているみたいだ。これ、読んでいいんですか？」

店員に許可を得て、取り出した美術書を、熱心に読んでいる様子が嬉しい。本が好きだと言っていたので、きっとこういう所が好きだろうと思ったのだ。

やがて、ランチを食べるために、南側の庭に続くテラスに出ると、並んだテーブルの上に午後の陽光が溢れ、風もおさまっていた。

二人は向き合って座ると、蓮はハンバーグ、燿子はエビフライのランチを注文した。

燿子は、男にせよ女にせよ、その人がものを食べるときの表情や仕草に、自分なりの物差しを持っている。食事のしかたで、人柄や個性がわかるのだ。

「美味しいです！」

蓮の食べっぷりは見事だった。

皿の上の料理のひとつ一つを味わいながら、静かに食べる仕草に生命力と品がある。

二人同時に食べ終えて、食後のコーヒーをひと口飲むと、

「いい年をして。自分の好奇心の強さに、呆れているわ」

燿子は、今の気持ちを正直に口にした。

「若いですよ。好奇心でここまでの行動ができるのは、若い証拠です。年齢は若くても、老人のようなひともいる」

そういうことをさり気なく言うこの男は、やはり女性の扱いに馴れている。

羽田で会ったときの怒りとぎこちなさは、消えていた。

「どうして小説を書くようになったの？」

「昔から友達が少なくて、いつもひとりで本ばかり読んでる子どもでした。手当たり次第に読んでるうちに、自分も書いてみたいと、思うようになったのかな」

蓮は、何かを考えているような顔で、コーヒーを口にする。

「燿子さん、ボクの根っこにあるのは、怒りです。自分だけが、何でこんなに貧乏なんだと、ずっと思っていた。自分にはどうにもできない貧しさのなかで、ただ怒っていた」

「その怒りを、書くことにぶつけてきたの？」

「いいえ。怒りから逃れるために、書くことを見つけたんだと思う。そこで救われた。いや、

そこに逃げてきたんでしょうね」

解っているつもりで、解っていないことなど、誰にも山ほどある。

彼の言う「貧しさ」を、自分が同じように理解できる日は、永遠にこないのだろう。

「燿子さんの普通を、当たり前だと思って欲しくない。分からなくてもいい、感じて欲しいんです」

燿子は、またも言葉に窮して、少し質問の角度を変えてみる。

「ねえ、あなたのお母さまのことを聞いてもいい？」

彼の目が、一瞬、曇ったように見えた。

「嫌ならいいのよ。ただ、『偏愛』の主人公とお母様を重ねて見たと、聞いた気がしたから」

「別に嫌ではありません。働きながら、ボクと妹を育ててくれた人だから。苦労をしたと思います。でも、悪い男に引っかかって一生を台無しにした、世間知らずで愚かな女ですよ。父親のない子を二人も産むなんて。あとさき考える理性もない女です」

シニカルな笑いを含んだ言い方が、暮に、電話の向こうで泣いていた蓮のイメージと正反対に思えて、燿子は混乱した。

「でも、感謝してることが、ひとつだけあります」

「……？」

「燿子さんのドラマに会わせてくれたから。彼女は昔から、テレビでドラマを見るのが好きでした。ボクも中学生の頃から、母と一緒にドラマを見続けてきたんです。だからかな、女性の気持ちを熟知しています」

「有り難いことね。視聴者がどんな気持ちで見てくれているか、私たちには、なかなか伝わってこないの」

そこでまた、話が途切れた。

しばらくの間があって、

「燿子さん。ボクは歪《ゆが》んだ人間だ。あなたにはわからないだろうけど、子どもの頃の貧しさは、人を歪ませます。友達も少ない。いつも女性に逃げてきた。そんなボクが、今こうして憧れの唐沢燿子先生に会っている。一緒に食事までしている。ほんとに信じられないです。こんな風に迎えてくれたことに、感謝しかありません。ありがとうございます」

蓮は言うと、燿子の目をまっすぐに見つめた。

「ねぇ、聞いていい？　あなたはこのあいだ、どうしてあんなに泣いたの？」

「ほんとですよね。よく読めば拒絶されたわけでもないのに。おかしいですよね。あのときは気づかなかったけど、燿子さんの正直さに、感動したんでしょうね。この人を離してはいけないと……」

「私も、あなたがあんな風に泣ける人だということに、感動したわ。言ったでしょう。私はもう泣けない女になってしまったって」

「泣きたいですか？」

「泣くことができたら、どんなにいいか、と思うわ」

射るような、男の目の強さに、燿子が思わず目を伏せる。

やがて、蓮が手を伸ばして、テーブルに置いた彼女の指をとらえた。

反射的にその手を引いて、

「沢渡さん。今の私は、あなたが求めるような恋をするには、弱り過ぎているの。今更遊びなんてしたくないし、別れで傷つくなんて、もっとしたくない。そのときはもう、立ち直る力も時間も残ってないわ」

「どうして、傷つくと決めつけるの？」

陽光のなかで、蓮の目が豹のように光り、言葉から敬語が消えていた。

「若いあなたには、わからないでしょうね」

この期に及んで、まだ逡巡している自分を、燿子は情けなく思っている。

それこそが、彼女が向き合い始めた老いなのだった。

「寂しいことを言わないでください。境遇の比べ合いはやめましょう。確かにボクは、燿子さんに愛してもらえるような男じゃない。でも、これだけは言えます。もう、女の人を泣かせたくない。あなたのような人を、傷つけたくない。こんな気持ちになるなんて、はじめてです」

自分を見ている蓮の目が、次第に潤《うる》み始めた。また泣くのだろうか。

が、彼は、落ち着いた声で続けた。

「人が心に思うことは、誰にも止められない」

まるでドラマのセリフのような言い方だった。

燿子が首を傾げて先を促すと、

「ボクは、ずっと、母親のことを軽蔑していたんですよ。あれだけひどい目に遭わせた男を、何で追い続けるのかと。それが理解できなかった。その母親がひとつだけ、いいことを言っていたんです。子どもの頃、よく、夜遅くにボクと妹を連れて、男の家の前に行っては、塀の陰からじっと灯《あかり》のついた家の窓を見ているんです。そういう母親が嫌でたまらなかった。それで、『帰ろうよ』と言うと、『蓮、人が心に思うことは、誰にも止められないんだよ』って。その母の言葉を、今朝、飛行機の中で思い出したんです。燿子さん、信じて。ボクはあなたを、傷つけない」

今度は、燿子の手が自然に伸びて、蓮の手を取った。

男の手のぬくもりを感じながら、彼女は思う。

言葉は虚しい。聞いた言葉が本当かどうかも、定かにはわからない。

答えはやはり、肌を重ね合ってしか得られないのかもしれない、と。

黄昏《たそがれ》迫る東京の街に、次々と、灯りがともっていく。

陽が沈んで、更に風が冷たくなってきたようだ。

東京タワーに向かう道を歩いていたとき、蓮が燿子の手をとり、二人は、遠慮がちに手を繋いで、歩いた。

東京タワーに着いて見上げると、夕闇の空に向かって、網の目をつくり伸びる鉄の塔が、美しいオレンジ色に輝いていた。

「お仕事で、いつもこういう所にいるんでしょう？　余程高い所が好きなのね」

「そうでしたね。でも、いつもはここまで高くないよ」

エレベーターで昇っていく二人の周囲には、幾組もの若いカップルがいた。

この人たちの眼には、手を繋ぎあっている老いた二人が、どんな関係に見えるのだろう。

こうして人混みの中にいると、やはり二人の年齢差が気になってしまうが、蓮は、そんなことを少しも意に介していないようだ。

彼は、展望台に着くとすっかり童心に返って、望遠鏡を覗いたり、あちこちの方角を飛び跳ねるように移動しながら、都会の夕景を堪能していた。

その姿を微笑ましく見守りながら、燿子も何十年ぶりかで、初めて同然の東京タワーを楽しんだ。

帰りのエレベーターに乗ると、

「東京は冷たい街ですね。やっぱりボクは、函館の夜景のほうが好きかな」

いきなり気難しい中年男に戻っていた。

気づいてはいたが、言葉や態度が、猫の目のように変わる男なのだ。

その意外性が燿子を惹きつける。


東京タワーから新橋に移動すると、燿子は蓮をガード下の屋台に案内した。ウィークデーならサラリーマンの客が多いのだろうが、土曜日の今日は家族連れや外国からの観光客で賑わっている。

蓮にリラックスしてもらうために選んだこのような場所は、燿子も来たことがなかったので、目に入るすべてのものが新鮮に思えた。

ハイボールを飲みながら、楽しく語り合い、餃子やモツ煮込み、焼きそばなどをお腹いっぱい食べるうち、互いの緊張もどんどん解けていった。

そして店を出たときは、燿子の迷いも完全に消えて、自然に蓮の腕に腕を絡ませ、一緒にホテルに向かった。

14

部屋に入って、二人になれば、また新たな緊張に襲われた。

先に窓辺にたどり着いた蓮が、振り向いて、丁寧に頭を下げる。

「燿子さん、今日はありがとうございました」

「どういたしまして」

ラインでは、「ボクは女たらし」と豪語していたが、口ほどでもないのかもしれない。硬くなっている様子が伝わってくる。

燿子にしても、こうして男とホテルの部屋に来るなど数年ぶりで、しかも初対面の彼とは、今朝会ってからまだ半日しか経っていない。

ほんとうにこの男の前で服を脱ぐのか、と思うだけで緊張がつのった。

と、窓辺を離れて近寄ってきた蓮が、燿子の手を取る。

やがて自分に引き寄せると、ぎこちないキスをした。高校生のように、そっと唇が触れ合うだけのキスを。

彼女は、そのキスが激しいものになる前に、彼の腕をすり抜けた。

「お風呂に入ってきていい？」

「もちろん。先に入ってください」

燿子が、脱いだコートをハンガーに掛けて、バスルームのドアノブに手をかけたとき、後ろから左手を摑まれた。

「ボクが脱がせてあげる」

背後から抱きしめられた。

彼は、素早くセーターの裾をたくし上げると、あっという間に脱がせ、ベッドに放り投げた。

続けてスカートも脱がされ終えたとき、燿子は渋谷で買った、派手な下着だけの無防備な姿になった。

蓮のきらきらとした目が、頭と足先のあいだを上下している。

「恥ずかしい！　派手でしょう、この下着」

あんなに抵抗のあった派手な下着が、今は身体の崩れと衰えを、隠す役目をしてくれているようにも思えた。

「可愛い！」

顔をくしゃくしゃにさせて言うと、蓮は彼女の手を取り、ジルバを踊るときのようにくるりと回し、もう一度抱きしめた。

燿子はその手をすり抜けると、小走りにバスルームに駆け込んだ。

シャワーを終えて、バスローブ姿になった彼女が、ブラジャーとキャミソールを手にして、部屋に戻ると、蓮は再び窓辺に立って、六本木の夜景を見ていた。

ベッドの上に、先ほど脱がされたセーターとスカートがきちんと畳んで置いてある。

「お先に」

彼女の声に、蓮が振り向いた。

「可愛い下着。ちょっと見せてよ」

と近寄ると、強引に下着を奪い取る。

燿子が、一昨日のデパートでのエピソードを正直に語り、二人で笑い合った。

「ぜんぜんおかしくないよ。ブルーとバラ色のコンビなんて、その店員さん、どうもボクの好きな色を知っていたみたいだな」

と、下着を手に持ったまま、いつまでも見ている。

「用意してくれたんですねぇ、ボクのために。その気持ちが、嬉しいです」

「やめて。からかわないで。さ、早くお風呂に入ってきて！」

燿子は蓮の背中を押して、バスルームに追いやった。

こうして、燿子と蓮が迎えたはじめての夜は、大人同士の気遣いと、高校生のようなぎこちなさと、少しの甘さを綯《な》い交ぜにして、順調に滑り出したかのようだった。

蓮がシャワーを浴びているあいだ、燿子はスマホを開いて、先日ラインでしたやり取りを読んでいる。

彼が東京にやってくる直前、二人は文字だけの性的な会話もするようになっていたのだ。

まるで準備運動のように。

まだホテルについて行くかどうかは決めていない、と言いながら。

——何でも、して欲しいことを言ってくださいね
遠慮せずに

——どういうこと？　わからないわ。

こう見えて、私は経験が少ないほうだと思う。

経験知のデータが足りないの。

——何処が気持ちいいかは
わかるでしょう？
そこを攻めてあげたい

ボクは、あなたを悦ばせたい

——胸かな。乳首の感度は高いほうかも。
優しく噛んでもらうのが、好きよ。

——わかりました
任せてください

いつしかラインで交わすようになっていた、そんな戯言《ざれごと》をたどっていると、呼吸がますます浅くなった。

蓮がバスルームから出てくると、燿子はゆっくりと立ち上がった。

近づいた二人は、遠慮がちに、互いの唇の感触を確かめ合いながら、はじめて、大人の口づけを交わしあう。

やがて、蓮の舌が燿子の唇を大胆にこじ開けて入ってくると、互いの舌を貪《むさぼ》るように吸い合った。

バスローブの紐が落ちて、パンティの縁《ふち》から忍び込んだ蓮の手が、燿子の下腹部を静かに降りていく。

彼の指が、彼女のクリトリスをとらえたとき、ため息のような声が漏れた。早くも湿り気を帯びている燿子自身に、蓮はつのる激情を抑えられず、ベッドに押し倒した。

「明る過ぎるわ。消して」

蓮が天井のライトを消すと、燿子が彼の肩に手をかけ、力強く引き寄せた。

が、最初の夜の甘い交歓は、そこまでだった。

それからというもの、蓮が唇で何処を愛撫しても、優しく噛んでも、燿子は終始「痛い！」と、悲鳴を上げるばかりだったのだ。

極度の緊張。その原因は、年齢の引け目にあったのだろうか。だとしても、それが全身の皮膚の痛みという形で表れるなど、燿子は経験したことはもちろん、聞いたこともなかった。

彼も緊張のせいで、噛み方が強過ぎたのか、自分の皮膚が敏感になっていたのか。どちらだったにせよ、尋常でない、耐え難い痛さが治まる気配は、ついにやってこなかった。

一体、それからどのくらいの時間を、辛抱強い試行錯誤と、汗を流しながらの格闘に費やしたことだろう。

結局、燿子の痛みは一向に和《やわ》らぐ気配をみせず、彼は、とうとう彼女の中に入ることさえできなかった。

あんなに「任せて」と豪語しながら……。

あんなに「噛んでもらうのが好きだ」と言っていたのに……。


深夜、二人とも疲れ果てた末に、同じベッドで、背中を向け合って眠った。

そして、朝の光に目を覚ますと、ベッドの足元に腰掛けている蓮の背中が見えた。

昨夜の挫折をまだ引きずっているのか、項垂《うなだ》れているようだ。

燿子は、その背を見ながら、何と言葉をかけていいかわからない。

やがてベッドを降りると、バスルームに向かった。

シャワーを浴びながら、燿子は考えている。

遠い昔にも、こんなことが何度かあった。

感覚的に合わない、この男とは無理だ、と簡単に決めつけて気まずく別れ、それっきり会わなくなってしまった、顔も定かには思い出せない男たちが、何人かいた。そのたび後悔を抱え、激しい自己嫌悪のなか、ホテルを後にした。

でも、その頃の記憶と、何かが違う。

蓮に対しては、違う、無理だ、と思っていないのだ。

過去の男たちは、私の抱えていた違和感に気づこうともしなかった。が、昨夜の彼は、そうではなかった。

燿子の違和感に気づきながら、拒絶の叫びに傷つきながら、それでも辛抱強く、終始、必死に私を悦ばせようとしてくれていた。

そんな蓮の健気さを、有難く思い、こんな老女を相手に頑張ってくれたことに、申し訳ない、とも思っている。

いや、それだけではない。

ベッドの上で、抱き合っていたときに知った、彼の胸板の厚さ。腕を回したときの丁度よい感覚。その感覚が今も残っていた。

昨夜私が感じた痛みなど、馴れていけばすぐに取れるものだ。

それよりも、あの厚くて温かかった背中に、もう一度腕を回してみたい。


「おはよう。眠れた？」

バスルームを出ると、蓮はもうグレーのセーターと黒のジーンズ姿になって、ベッドの上で足を投げ出していた。

「はい。眠りました。燿子さんは？」

「私もよく寝たわ」

ベッドに這《は》い上がって、彼の手を取る。

「ねえ、レンタカーを借りて、逗子と鎌倉《かまくら》に行ってみない？　免許証は持っているでしょ？　夜は私の家で、お鍋でもしましょうよ」

耀子の明るい声が意外だったのか、

「いいんですか？」

他人行儀な、怯えた声だ。

「ねえ、留めて」

耀子が、ブラジャーをつける背を蓮に向け、精一杯の甘えを示す。

蓮もそれに応えて頑張るが、ホックがうまく留められない。

なんとか留め終えたとき、耀子が向き直り、彼の首に腕を絡ませて、

「このホテルはキャンセルしましょ。まずはスーパーで、お鍋の材料を買って、そのあとレンタカーを借りて、逗子に向かう。それでいい？」

励ますように言った。

「もちろん」

その呆けたような顔が、なぜか愛しく、耀子は蓮に覆いかぶさって自分から唇を求める。

中学生を励ます女教師のような気持ちでリードしてやると、蓮も次第に「女たらし」の口づけを取り戻していった。

15

「うわぁ！　ねぇねぇ、新鮮そうな鮟鱇《あんこう》があるわよ。今日は鮟鱇鍋でいい？」

鮮魚売り場に駆け寄ると、燿子が、彼の持つカゴに鮟鱇のパックを投げ入れる。

一歩後ろをついて歩く男を従えながら、白菜、ほうれん草、椎茸《しいたけ》、エノキ、ネギ、大根と、迷わずカゴに入れていく。その買いっぷりのよさに、蓮が目をみはっている。

燿子のほうは、いつもひとりでする買い物を、今日は二人でしていることに、心浮き立っていた。

昨日、蓮と会うまで、あれだけ心を支配していた「男と寝るのか、寝ないのか」や、「女として見てもらえるか、どうか」などよりも、こうして夕餉《ゆうげ》の食材を男と並んで買っている高揚を、自分は求めていたのではないか……。

が、じきに頭をかすめたその思いを、打ち消した。

燿子が望み続けた高揚は、誰かと再婚をして、夫婦でスーパーに行く日常を重ねるなかでは、得られないものだ。それを彼女は知っていた。

淳史と結婚していた頃、はじめはあれだけ夢中になって、彼の一挙手一投足に、わくわくと胸をときめかせていたのに、時とともに、その高揚を失っていった。そういう自分を、責めた日もあった。

友達の繁美をはじめ、周囲の皆が、若い日の恋愛感情を、自然に家族愛や同志愛にシフトしていくのを、燿子はときに訝《いぶか》しく、ときに羨ましく眺めながら、彼女たちと同じようにはなれなかったのだ。

結局彼女は、いつの頃からか、孤独のなかでつかの間味わう高揚のほうを、追い求める女になっていたのである。

そして燿子は、今ではそんな自分を受け入れていた。

新鮮な食材のたくさん詰まった買い物袋を、今日は隣りの男が持ってくれている。

そんなことが、当たり前ではないからこそ、しみじみ愉しい。


「まさか、東京に来て、いきなり運転させられるとは、思わなかったな。燿子さんは、ほんとに大胆な方ですね」

「ハプニングが好きなの」

「職業病ですかね？」

「そうかも」

蓮が、なるべく小さい車がいいと言うので、レンタカーはトヨタ・アクアを借りることになった。

燿子にとっては久しぶりのドライブだから、もっと高級な車で、ゆったりとした気分を楽しみたかったが、考えてみれば、これから行く鎌倉は狭い道が多い。蓮の判断が正しいのだろう。

時間をかけてナビをセットする蓮の横顔が、心なしか緊張しているようだ。思ったより、慎重な性格なのかもしれない。

燿子は改めて、この男のことを何も知らないのだと思い、それがまた新鮮なのだった。

「心配しないで。私は、助手席でナビをするのが得意なの」

精一杯励ますつもりで言っても、蓮は、なかなかほぐれた様子を見せず、こわい目をして車を発進させた。

水面がキラキラと光る東京湾。岸壁のぎりぎりまで迫って建つ、灰色のビル群。湾岸道路に沿って広がる東京らしい風景に、燿子は久しぶりに見惚《みと》れた。

「あ、レインボーブリッジだ！　昨日もモノレールから見ましたよね」

やっと運転に慣れたのか、彼の目も輝いている。

助手席の燿子は、そんな変化のひとつ一つに、嬉しさや面はゆさを感じていた。

円覚寺《えんがくじ》の有名な「門」をくぐって、広い境内を通り、まっすぐに向かった墓地は、人気《ひとけ》なく、空気もひんやりと冷たかった。

ラインのやり取りで、映画が大好きだと言っていた蓮は、自分と同世代かと思うほど、古い映画の知識が豊富だった。

円覚寺の墓地は、鎌倉に着いたら最初に案内しようと、予《あらかじ》め決めていた場所だった。大きな墓石に彫られた「無」という一字が印象的な、映画監督・小津安二郎《おづやすじろう》の墓。今でもファンが参っているのか、真新しいカサブランカが供えられていた。

蓮は、墓石の前で手を合わせると、ポケットからスマホを取り出して、

「どこに行ってもお上りさんで、ごめんなさい」

恥ずかしそうに言いながら、二、三度、角度を変えてシャッターを押した。

「すぐそこに、木下恵介《きのしたけいすけ》監督のお墓もあるのよ。お参りする?」

「はい。お願いします。木下監督も大好きです」

「木下家之墓」と彫られた墓には、小津の墓石のような規模はなく、一般庶民のものと変わらぬ質素さで、隠れるように、ひっそりと建っていた。

「花を買ってくればよかったな」

蓮は呟くと、長い時間をかけて、手を合わせているのだった。

「はじめてのデートに、お墓参りなんて、おかしいわね」

「そんなことない。いい思い出になります。ありがとうございました」

坂道を降りる燿子の腕に、手を添えてくれる。

この人は、やっぱり自分を年寄りと思っているんだ……。

竹林の葉のあわいから射す木漏れ陽が、庭に敷きつめられた苔の上に、濃淡の模様を描いている。

見上げると、青い光を放つ竹が、空に向かってまっすぐに伸びていた。

竹林の庭で有名なこの寺を、燿子が冬に訪ねるのははじめてだ。

なるべく人の少ない所をと選んだつもりだったが、やはり休日だからだろうか、報国寺《ほうこくじ》は若い女性観光客でいっぱいだった。

竹林の中を並んで歩く蓮の様子が、円覚寺にいたときよりも更に沈んでいるようだ。

理由を詮索されたくないのか、ひとり、竹林の奥のほうに早足で向かう蓮を、追わないでおくことにする。

彼はまだ昨夜の不調を、引きずっているのだろうか。

それとも、実際会ってみると、想像していた唐沢燿子ではないと感じて、がっかりしているのだろうか。

やっぱり、SNSだけで言葉遊びをしていたほうが、よかったのかもしれない。

が、燿子は、すぐに気持ちを切り替えた。

そんなことを思い悩んでも仕方ない。これから自分の家に行って、どのような夜を迎えるのかもわからないけれど、自分の気持ちは偽りたくない。あまり深刻にならず、その時どきの気分に任せよう、と。

庭の写真を撮っていたとき、誰かに肩を叩かれ振り向くと、目の前に蓮の顔があった。

「どうしたの？　こういう場所は好きじゃない？」

「そんなことないけど……。やっぱり緊張します」

曖昧な笑みを浮かべて、手にしたスマホを差し出した。受け取ったアイフォンの画面に、ピーチ・ベージュのコートを着た、自分の後ろ姿が映っている。

「なによ。いつの間に？」

「カッコイイです。燿子さんには鎌倉がよく似合う」

と呟くと、蓮はいつまでも、自分の撮った燿子の写真に見入っている。

「蓮ちゃん、帰ろうか。今日は家でゆっくりしましょう」

苦笑する蓮を横目に、燿子は出口に向かってさっさと歩き始める。蓮が慌てて、その後を追う。

16

立て膝をした腿の向こうに、私のヴァギナを凝視《みつ》める、男の顔が見える。

ふた重の大きな瞳が、きらきらと光っている。

その光り方は、万華鏡を覗く少年のように、無心だ。

やがて、両の指で、襞を、注意深くかき分ける。

目の輝度が、更に増していく。

上から下へ、下から上へ。

撫でる彼の指が、溢れ出る露《つゆ》でしっぽりと濡れていくのがわかる。

どうして恥ずかしいと思わないのだろう。

こうして、男のなすがままを許していることが、不思議でならない。

と、蓮の顔が、一瞬で下腹の陰に消えた。

舌の先で、クリトリスを、つんつんとつつき始めた。

それだけで、身体中にひろがっていく柔らかな快感に、燿子は恍惚となって、目を閉じる。

やがて優しく、口に含む。

ゆっくりと、舐める。

舐める。

彼女は、歓喜に溺れそうになって、彼の指に指を絡ませ、しがみつく。

男が、柔らかく、噛む。

燿子は、口から漏れる声を抑えることができない。

全身の血管という血管が、とくとくと躍っている。

その音を聞きながら、ぐんぐん夢幻の世界に昇っていく。

と、蓮が、口に含んだクリトリスを、強く吸った。

燿子はついに、堪えていた悦びを天に解き放ち、大きな声を上げて、腰を海老のように跳ね上げた。


二日目の夜。蓮は早くも、昨夜の狼狽から脱して、自分を取り戻すのに成功したようだ。何年ものときをかけて、何人もの女を悦ばせてきた、熟練の特技のおかげで。

鮟鱇鍋をお腹いっぱいに食べ終えた頃、ダイニングテーブルの向こうから、蓮が手招きをした。

「燿子さん。こっちに来て」

立って側に行くと、腰を抱き、膝の上に乗せる。

小さな身体が、蓮の腕の中にすっぽりとおさまった。

「手を出して。ボクはマッサージのプロなんだ」

燿子の手を取ると、指を一本ずつ、丁寧に揉みしだいていく。

男の熱い体温が、彼女の身体に伝わっていき、徐々に温もっていくにつれ、燿子のなかでこわばっていたものも、ゆっくりと溶けていった。

「上手いのね。気持ちいい」

次第に、焦点の縺《もつ》れていく目。熱っぽさを湛えはじめた頰。淫らな幻想をおびき寄せる唇……。

手のひらを揉みながら、燿子の変化を注意深く視つめる蓮は、どこか催眠術師のようだ。

やがて彼女の耳元に顔を近づけ、「行こうか」と囁いた。

膝の裏側に腕を入れると、ひらりと抱え、立ち上がる。

寝室に行き、燿子をベッドに横たえると、注意深く服を脱がせ、下着を剝ぎ取る。

素早く乳首を口に含み、舌で愛撫し始めた。甘く嚙んだ。

痛くない。

燿子は、昨夜の痛みがすっかり消えているのに驚き、そして安堵した。

「このまま、どこでも舐めて」

勝手な思いが膨らんでいるのを他所《よそ》に、蓮は、再び冷静なマッサージ師に戻っていた。

彼女の身体をくるりと返すと、うつ伏せにさせ、両の親指を背筋に沿って、腰から首に向けて、強く、ローラーをかけるように押し上げていく。

「上手いでしょ」

蓮は同じ行為を、何度も飽きずに繰り返した。

やがて肩と首も、大きな手と指で、丹念に揉みほぐしていく。

燿子は、昼間、報国寺で思い悩んだことなど、もうどうでも良くなっていた。

「いいわ。気持ちいい」

次第に、燿子のアルトの声が濡れていく。

蓮のなかにも、欲情が募っていくのがわかる。

とろけるような声を合図に、蓮も弾けた。

彼の口が、彼女の尻を、太腿を、脛《すね》を、足指を、執拗《しつよう》に攻めていく。

思考が遠のいていくばかりの彼女は、身も心も無防備になって、ひたすら女を闢《ひら》いていく。

そして、再び蓮が、彼女の軽くなった身体を反転させて、いよいよヴァギナに口を近づけたとき、燿子は突然、自我の警告を聞いた。

「お風呂に入りたい。一緒に」

そこだけは、汚れたまま舐めさせるわけにはいかないという、女の自我に水を差されて、蓮がその手を止めた。

「いいよ。入ろう」

男の腕を素早く逃れてバスルームに行くと、燿子は、シャンプーが置かれた棚や浴槽の縁に、いくつものキャンドルを立て、灯りをつけていく。

この揺れる灯りの中でなら、老いた醜さを、少しでも誤魔化せるかもしれないと、往生際悪く考えている。

互いの身体を洗い合っていても、蓮は、彼女が気にしている肉体の衰えを、まったく意に介してはいないようだ。

跪《ひざまず》いて、足を持ち上げ、軽石で踵《かかと》を丁寧に洗ってくれている。

燿子は、あれだけ自分を支配していた羞恥心が、みるみる遠のいていくのを感じている。

「女王様になったみたい」

「ボクは介護士になった気分」

「ひどい」

意地悪を言って笑った蓮は、手のひらのなかのボディーソープで、燿子の身体を、丁寧に、慈しむように撫でていく。

全身の泡が綺麗に流される頃、彼女はもう、蓮に見られるのを少しも恥ずかしいと思わなくなっていた。

燿子は、羽田で最初に彼を見たときから、彼が全身から醸《かも》す雰囲気に好感をもっていた。清潔感。それは多くの女性にとって、重要な物差しだ。

身につけているものの垢抜《あかぬ》けたデザイン、さらさらとした柔らかい髪、薄い唇、指先の爪の切り方、そして昨夜感じた、胸板の丁度いい厚さ……等々。

蓮は、燿子の好みをいくつも体現して、「触れてみたい」と思わせる資質を持つ男だった。

そして今、こうして湯の中で戯れ合っているうちに、燿子は、昨夜まったく気づかなかった、蓮の類い稀なる美点にも気づいた。

サテンの布のようにすべすべとした、磁器のように肌理《きめ》細かな、ひとたび触れれば、その手に吸いついて放さないような、蓮は、とても男のものとは思えない肌の持ち主だったのだ。

なんという僥倖《ぎょうこう》だろう。

危険極まりないSNSで、行きずりのように知り合った男が、こんなエロティックな肌を持っていたなんて……。

燿子は、改めて思っている。

肉体の交わりは、言葉で語り合うよりも、はるかに正直で、純なものだと。

「ヨウコ…いいか…いいか…」

「いいわ…いい…いい…いいいっ！」

燿子が、悲鳴に近い声を上げて、蓮の口の動きに合わせ、腰を突き上げた。

はじめはあんなに硬かった股関節が柔らかく開き、背骨が弓なりに反って、しなやかな放物線を描いている。

やがて蓮が、鋼のバネを引き戻すように、彼女の腰を抑えつけた。

恥丘が、生きもののように躍動している。

気持ちのこもった蓮の愛撫に、燿子は再び我を忘れて、肉の塊を突き出した。

長いあいだ枯渇していた情欲を取り戻そうと、彼の頭を両手で抱え、貪欲《どんよく》に押しつける。

蓮は、いったいどのくらいの時間、私のヴァギナを舐めていたのだろう。

こんなに長い時間、誰かに舐められたことなどあっただろうか。

「ごめんね。私だけ気持ち良くなって」

「そんなことないよ。燿子さんが悦んでくれるのが、ボクは嬉しいんです」

未だに敬語でしかものが言えない蓮に、思わず笑ってしまう。

「上手よ、あなた」

「好きこそものの上手なれ、ですかね」

照れて言うと、男の目の前でヴァギナを晒した女の頬が緩み、からからと笑った。

それでも二日目の夜、蓮は、またも燿子の中で、果てずに終わった。

ペニスを口に含んでやれば、そのたび元気になって勇猛な男を示したが、毎回、燿子の中で絶頂に達する前に、自分の男を抜いてしまうのだ。

彼女は、そのたびはぐらかされては、当惑した。

それでも彼は、女体を熟知していた。

抜いた後、挑発的な熱いキスに打ち込んでいるかと思えば、指は、燿子の襞を掻き分けて、奥へ奥へと入っていく。

と、蓮の指先が、一か所で止まった。

燿子が、身体をぴくんと震わせ、しじまをつんざくような、叫び声を上げた。

「そこよ、そこ、そこ」

膣の奥の、最も敏感な部分を、蓮の指先で刺激されるたび、濁流に飲み込まれそうになるのを必死でこらえ、もがき、喘ぎ、そして昇天した。


二人はその夜、同じ行為を繰り返し重ね、とうとう一睡もせぬまま朝を迎えた。

真冬だというのに、蓮の全身を包む汗に指を滑らせながら、燿子は、ずっと頭にあった疑問を口にしてみる。

「性の営みは、勃起した男自身を女の体内に挿入して、摩擦運動を繰り返し、男が果てて終わりを告げる。皆、そう考えていると思っていたわ」

彼には、子どもの頃の母子寮のおばさんたちとの、原体験があったからだろうか。あれから四十年以上が経っても、彼の心と身体に刷り込まれたものから、抜け出せずにいるのだろうか。他の男たちとまったく違っていた。

「それもあるけど、ボクの悦びはそこにはないんだ。昔から、女性が悦ぶ顔を見て、悦ぶ声を聞くのが好きだった」

「奉仕が好きなの？」

「いや、違う。奉仕は見返りを要求しない、無私の行為だよ。でもボクは、舐めることで幸せにさせてもらっているもの」

「女を悦ばせるのが、あなたには存在証明だったのね？」

「存在証明？　そんな大袈裟なものではないよ。ボクはただ幸せになりたいんだ」

「幸せになりたい。それって女のセリフよ」

「幸せと感じる気持ちに、男も女もないよ。ボクが思う幸せの条件はね、聞きたい？」

「聞かせて」

「愛される。褒められる。役に立つ。必要とされる」

「なるほど」

燿子は聞きながら、彼のペニスを手の中で弄っている。

「ボクはそれらの条件を、女性を舐める行為で、すべて得てるんだ。だから、燿子さんを舐めているときも、いい気持ちにさせてやっているなんて、微塵《みじん》も思っていないよ」

「……。そんな男も、いるんだ……」

「女性は鋭いからね。そういう男の傲慢《ごうまん》さを見抜くよ。男が舐めてやってるという気持ちでは、女はイケない」

「男が皆、蓮のようだったら、世界はどんなに平和で、女はどんなに幸せでしょうね」

蓮が、腹の上の燿子の髪を撫でながら続ける。今朝の彼は、珍しく饒舌だ。

「ボクはね、昔から、果てた後で邪険な男になってしまう自分が嫌いだった。先刻まで、あれほど愛しく思えた女に、射精した途端に何の感情も持てなくなってしまう。自分のそんな豹変に気づくたび、自己嫌悪でいっぱいになってしまう。それでいつの間にか、女の中で果てるよりも、女が悦ぶ姿を見る歓びのほうを、選ぶ男になっていた」

「私の、歳のせいじゃないのね？」

「何を言ってるの？　当たり前だよ。そんなことを思うなんて、自信家の燿子さんらしくないな」

「自信なんて……、どうして持てるのよ」

「あのね、ボクが女性の全身を、舐めたり、噛んだり、指で弄ったりするのは、前戯ではないんだ。それらのすべてが、性行為そのものなんだと思う」

聞いて燿子は、もう一度、蓮のことを抱きしめた。

彼の、時間をかけて心をこめた行為によって、あれだけ苦しめられた老いの引け目から、今、やっと解かれたと思えて。

　昨夜、蓮が全身をマッサージしてくれたことから始まった、蓮との睦みあいを重ねながら、「私は演じている」と、一度たりとも思わなかった。

　それが嬉しかった。ほんとうに、一度たりとも演じなかった。無心だった。


　羽田ではじめて会って、三日目。

　二人は、燿子の部屋を出るギリギリの時間まで、互いの身体を求め合って過ごした。

　そして夕方、蓮を送るため、彼が運転するレンタカーの助手席に乗って、空港に向かった。

「愛とは他人の運命を、自己の興味とすることである。他人の運命を、傷つけることをおそれる心である。これ、誰が言ったか知っている？」

　蓮は、そういう話をするのが好きなようだ。

　そんな彼を、燿子は愛しいと思う。

「わからないわ。誰？」

「倉《くら》田《た》百三《ひゃくぞう》」

「そうなの？　知らなかった」

「谷崎は、恋愛は芸術である。血と肉とを以て作られる、最高の芸術である、と言ったね」

「恋愛は、唯性欲の詩的表現を受けたものである。少くとも、詩的表現を受けない性欲は、恋愛と呼ぶに価いしない。これは芥川龍之介よ」

羽田に着いて、レンタカーを返却すると、搭乗口まで手を繋ぎ、指を絡ませ合いながら歩く。

「さよなら」

「また来るね」

ともに満ち足りた気持ちで、言い合って別れた。


が、ひとりになると、燿子は早くも惨めな気持ちに襲われていた。

この三日間、蓮がとうとう一度も果てなかったのは、やはり私の歳のせいだと、自分を責めていたのである。

どうしてあんなに無防備に、老いて醜《みにく》いこの身体を晒したのかと、悔やんでいた。傷ついていた。

一方で、そんな自己批判は、ただ頭のなかの思いに過ぎないともわかっていた。

下半身は今も、しっかりと目を覚まして、トクトクと疼《うず》いているのだから。

かつて自分は、蓮と抱き合ったときほどの自由を、味わったことがあっただろうか。

男の絶頂に比べ、女のそれは自分自身にもわかりにくい。

快感も絶頂も、定かな確信がないままに、演じている自分を意識せずにいられなかった。

ところが蓮とのあいだでは、演技の入る隙など微塵もなかったのだ。

彼のことを、まだほとんど何も知らないというのに、この男なら、私があれだけ求めていた解放が叶うのではないかと、昨夜は思っていた。

でも、彼が私の中で果てることができないのなら、話は別だ。

そのたび私は、老いの惨めさを突きつけられて、耐えられなくなってしまうだろう。

完全なる解放。引け目なく、ありのままの自分でいること。それができないなら、これ以上彼と続ける意味はない。

どうしてそんなことに拘泥《こだ》わるのか。理由もわからないまま、燿子の思いは切実だった。

やっと自由の入り口まで来たところで、蓮を失ってしまえば、もう二度と、あのように向こう見ずな冒険はできないだろう。よしんば自分が冒険をしたいと、いま一度思ったとしても、七十歳を過ぎた女に、新たな恋が訪れるなど、もう二度とない。

過去の別離の痛さを思い出せば、せめて蓮が「もう終わりたい」と言うまでは、このまま続けていたい……。

そう熱望する一方で、蓮が自分に飽きて、去って行く日がくることもわかっていた。

去られるときの痛みを想像すれば、とても若い頃のように耐えられるとは思えない。
それに私は、もうすっかり慣れている。孤独にも、泣けないことにも。
ただそこに戻るだけではないか。今ならまだ引き返せる。
考えた末に、蓮が羽田を発って三日後、ラインを打った。

――先日はありがとうございました。
楽しく、幸せな時間でした。
でも、もう充分よ。
あなたはどうぞ、年相応の女性を見つけて、
健康的な恋をしてください。
今のうちなら引き返せるわ。
私は、元の穏やかな孤独に戻ります。

そのメッセージを送った深夜、蓮からの長いラインを受信した。

――燿子さん
この間は、ほんとうによくして頂き、ありがとうございました

ボクがこんなに幸せな気分でいた時、
思いがけないラインをいただき、驚きました
そして、はじめての三日間、ボクは自分の正直な気持ちを、全くお伝えしてなかったと気づいて、お便りすることにしました。長くなるけどお許しください
ボクはこれまで、何人もの女性と関わりを持ってきましたが、燿子さんのような女性とお会いしたのは、はじめてでした
三日間一緒に行動しながら、あなたの表情や仕草、振舞いのなかに、何度も「矜《きょう》持《じ》」という言葉が浮かび、肩で風切る「男」を感じていたのです
ボクは若い頃から、強い女性に惹かれていました
根っこのところでは、優しく包んでくれる母性を求めながら、それとは逆の、逞《たくま》しい女を求める気持ちがいつもあったのです
女の武器を盾にして、男に媚《こ》びる女性は嫌いですが、あなたにそれがないのは、年齢のせいではないだろうとも思いました
あなたはテレビドラマを見ていた頃からの、思った通りの女性だった
なのに最初、ボクは勃起しなかった
六本木の夜、あなたの身体に手を伸ばした途端、「痛い！」と悲鳴を上げられていきなり無残な現実に引き戻されてしまった

その悲鳴で気持ちも身体も委縮してしまい、あなたに触れることさえ怖くなったのです

ボクは、自分が思っていたよりもずっと不器用で、気の弱い男だったということです。ごめんなさい

それより、燿子さんとお会いする前、ボクの思惑はどこまでも軽薄だった

憧れの唐沢燿子が、クリエーターとして携わった作品の裏話が聞けるかもしれないというような、浅薄な好奇心。自分が書いた拙《つたな》い文章をあなたに読んでもらい、ボクが書き手としてどのレベルにいるのか、見込みがあるなら引き上げてもらいたいといった類いの、薄っぺらな野心。そんな軽薄な思惑を、ボクは自覚も整理もせぬまま勝手に抱いて、味気ない日常から、甘美な非日常へと突っ込んでいったのです

考えてみればそんなものは、過去のどんな恋愛にも、当たり前にあったことでした

でも、SNSで知り合ったという軽さに頼るには、相手の存在が重過ぎました

これまで、あまりにも違う人生を歩んできた二人が、黄昏の時を迎えても、なおそれぞれに自らを省みず、先の見えない河へと、足を踏み入れようとした

そんな、現実とフィクションが綯《な》い交《ま》ぜになった世界に、ボクが容易についていくことができなかっただけなのです

燿子さん。ボクは、ある意味あなたを崇《あが》めていた

女性としてよりも、表現者として
あなたが、脚本にして紡ぐ言葉に、漲《みなぎ》る生命力を感じていたのです
そしてあなたと会った今も、その思いは少しも変わっていません
いいえ、変わってないどころか、さらに深まりました
年なんて関係ありません
今のあなたのそのままが、愛しくて、愛しくてならないのです
お願いだから、引き返すなんて言わないでください
燿子さんとボクの愛の日々は、これから始まるのですよ

——蓮さま
あなたはほんとに優しい方ですね。
もっと前に会うことができたら、どんなによかったでしょう。
でも、これは私自身の問題なのです。
今の私は、惨めさを感じてしまったら、もう前には進めない。
でも、惨めにさせたのはあなたではありません。
私が勝手に持ってしまう被害妄想。
それはあなたには、どうすることもできない類のものです。

もし、あなたが私に憧れのようなものを、持ってくれていたのだとしたら、その憧れのままの私でいたい。そんなわがままを、許してください。

17

その後、ラインの押し問答を連日重ねて、月が変わり、逗子の空に久しぶりの雪が舞い始めた夜——。

燿子の部屋のチャイムが鳴ってドアを開けると、そこに蓮が立っていた。

「来ちゃった」

「……！」

燿子は、胸にせり上がってくるもののせいで、言葉が出ない。

「だめよ……」

思いと裏腹な言葉が口をつき、不意に涙がこみ上げ、慌てて蓮の手を取ると、力強く玄関の中に引き入れた。

「私、何で泣いているんだろう？」

コートの釦《ボタン》を外してやりながら、冷え切った釦の冷たさに、また泣けた。

蓮の唇が、流れ落ちた頬の涙をぬぐっている。

そして彼は、コートを脱ぎ終えると、燿子をしっかりと抱き締めた。


目が覚めると、お昼近くになっていた。

蓮は、今夜の最終便で札幌に戻らねばならない。

燿子が、ベッドを降りて、素肌の上にブランケットを纏《まと》いベランダに出ると、街は昨夜の雪模様から一転、空の天辺に太陽があった。

「蓮ちゃん。お散歩に行かない？」

「いいね。海が見たいな」

背中から覆いかぶさってきた蓮が、またも乳房をまさぐり始める。

恍惚のなか、ふと、ある想いが浮んだ。

「ねえ、蓮ちゃん。私、パンティなしで行ってもいい？」

「いいけど、寒いよ。風邪をひかない？」

と、笑っている。

「大丈夫。厚いスカートをはいて行くわ」

彼は、私の人格まで変えてしまうつもりなのか。

ブラジャーなしの素肌に、青いタートルネックのニットを被り、裸の腰に黄色にブルーグレーのチェック柄のスカートを巻きながら、燿子は自分に呆れている。

「耀子さんが、こんなに無邪気な人だとは思わなかったよ」

「ほんとね。自分でも驚いているわ」

無邪気。それこそ耀子が長いあいだ、求め続けていたものだった。一体いつから、忘れてしまったのだろう。思い出せないほど遠い昔のような気がする。いや、私は生まれたときから、無邪気さなど、一度も知らなかったのかもしれない。

それが蓮と一緒にいると、理性の箍《たが》が無理なく外れて、こんなにも無邪気な女になっている。

もう引き返せない、引き返したくないと、少女のように思っている。

耀子のマンションから徒歩で十五分ほどの近さに、逗子海岸はある。

手を繋いで海岸に続く坂道を下りながら、耀子は、かくれんぼをする子どものように、物陰を見つけては、蓮をそこに引っ張っていき、口づけをせがんだ。

蓮が、キスをしながら、彼女のコートの釦をひとつ外すと、巻きスカートの脇から巧みに手をしのばせて、ヴァギナを探りあてる。

「ほら。またこんなに濡れているよ」

「恥ずかしい……私は異常？」

「異常だよ。絶対異常」

「七十とは思えない？」

「思えない。あなたのここは高校生」

囁き合い、コロコロと笑い、また腕をからませ、歩き始める。

再び会いにきた蓮が、やっと燿子のなかで遂《と》げたせいで、閉じていた鍵が、またひとつ開いた。

昨夜彼は、燿子が口にできない言葉を、聞かせて欲しいと言った。

「どうしても言えない」と断わる燿子の脇腹を、くすぐったり、拗《す》ねて見せたり、あの手この手でせがまれて、ついに言わされた言葉。

おまんこ。

そういえば、燿子とほぼ同い年の社会学者・上野千鶴子《うえのちづこ》が、著書の『女遊び』に堂々とこの言葉を書いたのは、たしか八〇年代の終わりだった。

燿子もその本が出版された頃に読んで、「なんて大胆な」と思っていた。

刊行当時、四十歳だった上野は、「周囲が眉をひそめつづける間は、おまんこと言いつづけるだろう……」と書いていた。

あれから三十年以上、燿子もその言葉に眉《まゆ》をひそめ、口にすることができなかった。

今でも堂々と言える女は少ないだろう。

それほど忌避してきた言葉を、老女となった自分に、要求してくれる男が現れたのだ。どうして自分から手放せるなどと思ったのだろう。

昨夜、蓮の度重なる懇願に、ついに根負けした彼女が、はじめは口の中で、消え入るほど小さな声で言ってみた。

「もう一回言って」「もっと大きな声で言ってみて」

何度もねだられ、その言葉を言うたびに子宮が疼き、最後は自分でも驚くほど大きな声で言うことができた。

爽快だった。

口にするたび、自分をこれまで縛っていたものから解かれて、自由になったような気がしていた。

そして、その言葉を聞いた蓮の嬉しそうな顔が、燿子は愛しくてたまらない。

真冬の午後の強い陽差しで、海面が銀色に輝いている。

砂浜には、ゴールデン・レトリバーのリードを引いた、グレーヘアの男がひとり歩いているきりで、静かだった。

燿子の手をほどいた蓮が、全速力で波打ち際を走る。

遠ざかっていく彼の背を眺めながら、何故《なぜ》あの男を好きなのだろう、他の男と何が違うのだろうと、燿子は考えている。

浮かぶ答えは明快だった。

蓮は、会ったときから、値踏みや駆け引きをしない男だった。

そして彼には、嘘がない。言葉に嘘がないというよりも、自分に向き合っているときの愛情も、怯えも、揺れも、反発も、蓮は一切の気持ちを隠さない。

そんな彼の正直さ、まっすぐさに打たれるのだ。

それは、ラインでのやり取りや、直接向き合ってする会話で放たれる言葉よりも、ベッドで睦み合っているときの、表情や仕草に表れた。

愛を交わし合っているあいだの、一点の曇りもない正直さ。それが燿子を、無上の安心と自由に導いてくれる。

人は誰でも、歳を重ねるうちに、何枚もの「俗世の知」という上着をまとって、生きるようになる。真に己の欲するところに蓋《ふた》をして、社会の一員たらんと暮らしている。

男たちは皆、地位や名誉、経済力や、学歴といった社会的に身につけたものばかりに価値をおいている。いや、今では燿子のような女たちも同じかもしれない。男並みに培《つちか》った教養や、常識が、真の欲求に向き合う邪魔をしているのだ。

蓮は、非嫡出子で、貧困のなかで育ち、学歴は高卒ということに、コンプレックスを持っているようだった。

きっと彼は、自分を長いこと苦しめてきたコンプレックスを忘れるような、男の自信を欲していたのだろう。

そして、社会的に誇れる上着を持たない彼は、いつの頃からか、読書と、女性との関わりのなかに、上着に変わるものを求めてきたのではないか。

彼は、女を愛すること、女から愛されることで、男に生まれた自信と、己のいのちの証を獲得してきたに違いない。

燿子は、そんな沢渡蓮という男を、愛し始めている。

彼女の世界の男たちは、皆、知性が邪魔をしてか、体面を気にしてか、いつも何かに縛られていた。それにひきかえ蓮は、性愛の深淵に、無心になって酔える男だった。

その後、蓮は、ひと月に一度のわりで、燿子の待つ逗子のマンションにやって来た。

直接に会えないときは、ユーチューブで曲を送り合ったり、写真や映像を使って、バーチャルなセックスを楽しみながら、愛を深め合った。

ラインの会話では、ときに気持ちがすれ違って、

「燿子さんは、ボクを上から目線で見ているね」

「ずっとチヤホヤされてきたあなたに、ボクのことなど解るわけがない」

などと言われ、燿子はそのたび困らせられたり、幻滅させられることもあった。

が、自分に会いに来て、一緒の時間を過ごしているときは、いつも穏やかで、楽しく、屈託のない男なのだった。

　そして燿子もまた、蓮と会い、身体を重ね合うたび、未知の世界を広げていった。

18

　木々が新緑に輝き、街に爽やかな風が吹くゴールデン・ウィーク。

　蓮が、三泊四日の休暇をとって、逗子にやって来た。

　いつもより一泊増えただけで、燿子は幸せな気持ちになった。

「せっかくだから横浜にでも行く？」

「ううん。何処にも出たくない。ここに居ようよ」

　そこで、燿子が以前一度だけ講習会に行ったことがある、自宅での蕎麦打ちをしてみようということになった。

　力の強い蓮の手があれば、ひとりでは億劫《おっくう》だったことも挑戦したい気になれる。

　テキストを見ながら、そば粉とつなぎ粉を丁寧に混ぜて、水を加え、指先と手のひらで、ムラができないように混ぜる、水回しの作業は燿子が担当した。

　が、そのあいだも蓮の手が、胸や太腿に忍び込んできて、燿子の仕事の邪魔をするので、

「やめてよ、集中させて」と、何度もたしなめなければならなかった。

水回しが終わった後の練りと延《の》しは、燿子の指導で蓮が引き受けた。練り上がった生地を、蓮の力で延ばすたび、燿子が打ち粉を振っていく。麺棒を使って延しを繰り返すごとに、蓮は、メジャーを使って大きさを測っている。そんな行為でも、彼の几帳面な性格を知ることができた。

延し終わった生地を、三つにたたんで切るときは、燿子が作ったダンボール製の「こま板」を使って、プロかと思うほど均等に切った。

はじめての共同作業でできた上がった二八蕎麦を、蓮が茹でて、冷水で手早く洗い、燿子が作ったつゆに大根おろし、浅葱、茗荷《みょうが》、そして山葵《わさび》の薬味を入れる。

よく晴れた日だったので、それをベランダのテーブルに運んで、

「おいしい」

「美味しいね」

と言いながら食べた。

蓮が燿子の部屋にいるあいだ、食器の片づけと洗い物は、毎回志願して彼がしてくれる。世間の夫婦たちが当たり前にしているそんな行為も、燿子には新鮮なよろこびだった。

朝、蓮がリビングで掃除機をかけたり、ベランダのプランターに水をやる姿を見るだけで、燿子は涙ぐんでしまう。泣けなかった女が、簡単に泣ける女になっていた。

まだ陽の高いうちから、ベッドで睦みあっていたときだった。

仰向けになった蓮に跨《また》がって、耳や肩を舐めたり嚙んだりしていると、彼が突然、か細い声を上げて喘ぎ始めた。

乳首や腹を嚙んでやると、身悶《みもだ》えして泣いている。うっすらと涙まで浮かべて。

燿子は、次第に自分が男になっていくような気がして、

「もっと泣け。もっと泣け」

と、彼の身体じゅうに歯を立てていく。

女たちは、性愛の行為において、自分が受け身でいなければならない、男よりも控えめでなくてはいけない、という観念に強く縛られている。

多くの男たちも、性交とは、ペニスが猛々《たけだけ》しく勃起して、最後に射精するのが相手を歓ばせることだと、思い込んでいる。

男は男らしく、女は女らしくあらねばならない。

そうした常識や、既成概念から解放されたら、男も女も、もっと自由になれるのに。

燿子は今、そんな思いにかられながら、蓮を攻め立てる。

「お願い、やめて」

蓮がまたもか弱い女のような声を上げた。

燿子はこれまで、どんな男との性愛の行為のなかでも、そんな倒錯に近い悦びを経験したことがなかった。

彼女は、蓮としかできない睦み合いに熱中しながら、いつか読んだプラトンの『饗宴』のなかの、アリストファネスを思い出していた。

アリストファネスは演説のなかで、原始時代、人間の性は三種あったと説いていた。男性と女性、二つの性だけでなく、両者が結合した、人間の原形である「男女《おめ》」という名の、もうひとつの性があったのだ、と。

ところがあるとき、ゼウスの神は、四本の手と足、顔と性器が二つずつある「男女」を、真二つに切断することを思いついたという。

そして、神に切断された後、男と女は、もうひとつの半身に憧れて、再び身一つになりたいという欲望のなか、互いの腕を絡ませ、抱き合った。

アリストファネスは、その原始的本性（原形）に対する憧憬と追求が、エロスと呼ばれるものだ、と説いていた。

その特異な体験を、二人は、蓮が札幌に戻ってからのラインで、語り合った。

――あんなこと、はじめてだった

――そうなの？　蓮は経験豊富だから
はじめてなんて、意外。

――沢山の女性と沢山してきたよ
でも、誰としてるときも
男以外の何者でもなかった
あの時ボクは女になって泣いていたんだ
そんなことは
燿子さんとがはじめてだった
本当のことだよ

――私も男になっていた。
ねえ、どうしてだと思う？

――最初から、燿子さんの男的なところに
惹かれていたからかな
あなたのように感情よりも理性が勝《まさ》った女性に会ったことがない

あなたといるといつも思うんだ
ボクの方がずっと情緒的で感情的な人間だって

――私に嚙まれながら
懐かしい自分に戻れた気がした？

――そんな気がしてた
ボクは、別れた半身をずっと探してきたんだ
燿子こそ、長いこと憧れ求め続けた
ボクの半身ではないかって

――魅力的な考えね。
蓮と私は、かつて一体の身体だったけど、
あるとき二体に引き裂かれ、
別々の人生を歩んでいた。
そんな二人が、長年のときを経て、
神の加護により再び出会った……。

なんか、ドキドキしてきた。

——再会が必然だったんだよ

もう離れられない

そんな言葉を聞けるのが、燿子には無上の歓びだった。

あのときは自分もまた、男性と女性を交互に行き来する性愛の豊かさと自由さに酔いしれていたのだと、彼女は考えている。

私はこれまで、頭と心だけで生きていた。

人間が、本来持っているエロスの声に、耳を塞いで生きてきたと。

それを七十歳にもなって知ったのだ。やっと。

梅雨前線の停滞で、記録的な大雨に見舞われた日、耕大から電話があった。

紗江が、無事男の子を出産したという。

母子ともに元気なので、会いに来てくれると嬉しいと言われ、燿子は雨のなか紗江の家に駆けつけた。

赤ん坊は、四千グラム近い大きな男の子で、昨日生まれたばかりとは思えないほど、整った顔立ちをしていた。

紗江の家族には、自分が加わる余地など何処にもないのに、赤ん坊の指の爪の形が自分とそっくりなのが不思議だった。

それぞれの家族が抱えている事情にかかわらず、こうして遺伝子は確実に受け継がれていくのだ。

この壊れかけた地球で、この子にはいったいどんな未来が待っているのだろう。

彼の誕生を手放しで喜んでやれない現実に、燿子は胸が痛んだ。

せめて三度の食事を作ってやろう、と出かけたものの、紗江の家では眠ることができず、翌日、家で美月の面倒をみるからと、幼稚園を休ませて、逗子のマンションに連れ帰った。

今ではすっかり蓮の居場所となっているダブルベッドに、孫娘が小さな口を開け、スヤスヤと眠っている。

その無邪気な寝顔を見ながら、後ろめたさが過《よぎ》った。

こんな日は、蓮とのラインもやめておこう。日頃、なかなか会えない美月の、お祖母ちゃんに徹するのだ。

「ばぁば、この歯ブラシは誰の？」

洗面所で歯を磨かせていた美月が、言いながらキッチンにやって来た。

仕舞い忘れた蓮の歯ブラシを差し出している。

「あ、それ？　ばぁばが使っているのよ」

「パパの歯ブラシと一緒だよ。ばぁばは男なの？」

耀子は、訝しげに見ているそれを、美月の手からもぎ取って、

「歯磨きは済んだの？　見せてごらん」

口の中を見てやると、慌てて洗面所に戻り、歯ブラシを戸棚の高い所に仕舞った。

美月が五歳にして身につけている女の直観というものを、怖ろしく思わずにいられない。

家に戻ったら、忘れてくれているといいが……。

近くの浜で、砂のお城をつくったり、家でお絵かきをしたり、ブランコに乗ったりして過ごした祖母としての三日間が、矢のように過ぎた。

明日はまた蓮がやってくる。

たまには私が札幌に行こうかと提案しても、蓮は、耀子の部屋がいいのだと繰り返した。温泉旅行に行きたいなどと言っても、何故か彼は、そうした行動を望まないのだった。

翌朝、美月と一緒の朝食を済ませると、また往復五時間をかけて、S湖の村まで送り届け、帰り道、蓮を迎えるための料理の材料を山ほど抱えて、部屋に戻った。

19

八月。例年より遅い梅雨明けを迎えると、うだるような暑さの日が続いた。月に一度、蓮が来るようになってから、燿子の料理する愉しさにも拍車がかかり、マーケットに行くたび、ついつい食材を買い過ぎてしまう。

今夜は、鮑《あわび》のバター・ソテーをメインに、マグロのアボカド和《あ》えと、つるむらさきのお浸しにわかめと豆腐の味噌汁と、少なめのメニューを考えていたが、鮮魚売り場に新鮮そうな鰯を見つけた途端、予定のメニューに鰯のマリネも加えることにした。旬の食材を、過度に手をかけず、素材本来の味を生かして作るのが、燿子の料理のモットーだ。

蓮が羽田に着いた時間を見計らい、バスルームの湯張りをセットしたあと、エプロンをつけてキッチンに立つ。

柵《さく》で買ってきた中トロとアボカドを、どちらも一センチ角のサイコロ切りにして、塩をふり、玉ねぎのみじん切りとケーパーを加え、さっと混ぜれば、簡単な酒の肴《さかな》の一品が出来上がった。

鰯は三枚に下ろして皮を引き、腹骨をそぎ、小骨を抜く。塩をたっぷりふって十分ほど置いた後、酢で塩を洗い落とす。鰯をバットに並べ、レモン汁に浸し、レモンスライスを乗せ、冷蔵庫で十五分ほど寝かせておく。

蓮はそろそろ、逗子駅で降りた頃だろうか。

彼を待つあいだ、頭にその相貌を浮かべながら、料理する。

二人の距離が近づくにつれ、蓮の札幌での暮らしぶりを想像することも多くなったが、詳細は相変わらず謎だった。

会ったときは、読んだ本のこと、観た映画のことなど、共通の趣味の話が大半だ。ときには彼の子どもの頃の思い出を聞くこともあったが、燿子はそれ以上のことには深入りしない。住んでいる部屋の様子や、毎日どんなものを食べているのかなど、彼が話さないことについては訊ねたことがなく、自分の部屋に来たときの、目の前にいる彼だけを見ていれば、それでいいのだった。

冷蔵庫から、バットの鰯を出して、削ぎ切りにし、作り置いたフレンチ・ドレッシングをかけて、小鉢に盛る。その上に、冷水にさらした玉ねぎのスライスと、千切りの紫蘇《しそ》の葉を乗せていると、玄関のチャイムが鳴った。

が、燿子は、玄関に迎えに出ることはしない。ドラマで書いたようなシーンを演じるのが苦手なのだ。

それで最近は、彼が着く時間にあわせて、玄関の鍵を開けておき、入ってきた蓮をキッチンで迎えることが多くなった。

「燿子さん。こんばんは。着いたよぉ」

靴を脱いだ蓮が、廊下を歩いてくる。

「いらっしゃい。おつかれさま」

振り向くと、真四角な発泡スチロールの箱を掲げた、笑顔の蓮が立っていた。

「なに？」

「毛ガニ。朝茹でだから、美味しいと思うよ」

「ほんとに？　こんな季節に毛ガニなの？」

蓮は、洗面所で手を洗いながら、北海道は一年じゅう毛ガニ漁が行われていて、八月の今はオホーツクの海で獲れたものだと、大声で説明してくれる。これでメニューがまた一品増えた。

蓮が風呂から上がると、二人は、高知・四万十《しまんと》の栗焼酎をロックで飲みながら、たっぷりと時間をかけて、ご馳走を食べつくした。


「ひとつ、お願いしたいことがあるんだ」

ベッドにうつ伏せになって、背中を舐めてもらっていたとき、蓮が言った。

「どんなお願い？」

くるりと仰向けになって、燿子が訊ねる。

「あのさ、怒らないで」

「どうしたのよ。早く言って」

蓮の首に腕を絡ませ起き上がり、その目を覗き込む。

少しの間があって、蓮が真剣な目をして囁いた。

「あなたの、おしっこが飲みたい」

「あなた何を言ってるの？　嘘でしょう？　そんなこと、できるわけがない」

燿子は激しい抵抗を感じた。

蓮との交わりを重ねるうち、自分がどんどん開かれていくようで、それが嬉しかった。が、彼が求めているのがただの変態プレイなら、そんな遊びに興味はなかった。

「どうして？」

「当たり前でしょ。そんなこと」

不機嫌に言い、気まずい沈黙が二人を隔《へだ》てる。

「わかった。嫌ならいいんだ」

あっさり言われると、大人気なかったかと、もう揺れている。

「でも、ボクはあなたのおしっこが飲みたい。本当にそう思っている。それだけは覚えておいてね」

蓮がしつこく追ってこないので、燿子が逆に追いかける。

「どうして、そんなことを考えるの？」

「ごめんなさい。燿子さんのような人に、言うことじゃなかった」

蓮は、すっかりシュンとなっていた。

「燿子さんのような人って？」

他の女性とは、そんなことをしてきたのかと、心のしこりが膨らんだ。

二人の夜に水を差された気持ちだった。

どうやって修復したものかと考えていると、蓮がまた、子どもの頃の思い出を語り出した。

小学生の頃、教室の隣の席に、小田《おだ》さんという女の子がいたのだ、と言って。

「燿子さんの頃もあったでしょ？　検尿の日は、朝、家でおしっこを採って、学校に持って行ったこと」

「そんなことあったかなあ。覚えてないわ」

「あった筈だよ。それで小田さんがね、机の上に置いたんだよ。半分くらいまでおしっこが入った瓶を」

「検尿に瓶なんて使ったかしら」

「昔は何でも、家にある瓶に尿を入れて持って行ったんだよ。ボクのは牛乳瓶だったけど、小田さんのはジャムの瓶だった。よく覚えているよ。それを横目で見ていたら、瓶に朝陽があたって、中の液体がキラキラと輝いていたんだ。そのうちボクは、小田さんの、琥珀《こはく》色のおしっこが、欲しくてたまらなくなってきて」

蓮は、そういう昔の話をつぶさに覚えていた。

燿子は、情景の細部までを再現する、彼の思い出話を聞くたび感心して、耳を傾けた。

「それを飲みたいと思ったの？」

「いや、そのときは、ただ欲しいと思っただけだよ」

蓮がおしっこを飲んでみたいと思ったのは、ある小説を読んだときからだった、と打ち明ける。

「開高健《かいこうたけし》の『珠玉』。燿子さんは読んでない？」

「知らない」

「『珠玉』という短編集なんだけどね。開高が死の直前に書いた作品だよ」

その短編集に収められた『一滴の光』という小説を、蓮は二十代の半ば頃に読んだのだという。

主人公の年老いた男が、歳の離れた若い女と行った温泉で、女性の小水を顔に浴びせられ、恍惚となるシーンが、美しく描かれていたのだと。

それからというもの、好きになった女の小水が飲みたくてたまらなくなったと、蓮は言うのである。

「まず、自分のを飲んでみようと思って。百科事典を調べていたら、飲尿による健康法もあるとわかって、飲むようになったんだ」

燿子は返す言葉が見つからない。が、不思議に最初の嫌悪感は消えていた。

こういう正直さが蓮という男の魅力なのだ、と思ってしまっている。

「やっぱり変態だよね。文学作品の中に興味深い性描写を見つけては、性幻想に浸る癖が大人になっても続いているなんて」

「それで、そんなアブノーマルな願いを、叶えてくれる女性を探すようになった？」

「探したりはしなかった。誰にでもお願いするわけじゃなかったよ。言える人と、言えない人がいたかな」

蓮の打ち明け話は続いた。

彼が懇願すると、「変態」と言って去っていった女性もいれば、何とか応えてくれようとしたひともいた、と言う。

「でも、そんな人たちも、いざ、放尿する姿を見られる段になると、緊張して、なかなか出ないんだよ」

二人の仲が深まるにつれ、燿子はときに蓮の母であり、姉であり、そしてベッドでは、男になったり女になったりしながら、今では彼の求めることを、何でも聞いてあげたくなっている。

そして彼女は、たった一年足らずのあいだに、自分でも驚くほど、性愛の歓びに貪欲な女になっていた。それでも、自分のおしっこを飲まれるなんて、異常なことだと思った。

「やっぱりできそうにないわ」

「いいよ。無理しなくて」

「だって、蓮ちゃんに私のおしっこを飲ませるなんて、申し訳なくて、とてもできると思えないのよ」

蓮がいきなり燿子を抱きしめ、

「ごめん」

と言うと、唇を求めてきた。

互いを労《いたわ》りあうようなディープ・キスが、際限なく続いた。

キスのあと、どのくらい眠っていたのだろう。目を覚ますと、蓮も燿子の胸に頭をのせて、眠っているようだった。

と、突然蓮が、

「僕たちは、この先いったい、どこに向かおうとしているのだろう」

独り言のように呟いた。

彼は最近、同じ言葉を頻繁に口にするようになった。

「会いたくて、ときどき気が狂いそうになる」

「一緒に暮らしたら、こんなに激しく求め合うこともなくなってしまうのでしょうね。この距離感がいいのよ」

「そうだよね。ボクもそう思う」

二人は、そんな会話を何度したことだろう。

燿子の下腹をまさぐりながら、

「あなたは、感情よりも意思で生きてきた人だからね。溺れることを知らないひとだから」

と言った蓮の言葉に、燿子は、「そうだろうか?」と考える。

ほんとうはいつも一緒にいたいのに、それを言えず、心に蓋をしているだけではないか。

今現在には無邪気になれても、未来には、けっして期待を抱かない。

自分には、そんな癖が身についてしまっているだけではないか。

何故もっと全身でぶつかっていけないのだろう……。

「ときどき、痛々しくなるんだよ。燿子さんを見ていると」

そんな言葉を聞けば、嬉し涙も出るようになった。

燿子はそれで充分だと思っている。

この歳になった自分は、蓮と一緒に生きる未来など、期待してはいけないと思っている。

だから、今を大切に生きよう。

「溺れられるよ。蓮ちゃん、私、溺れたい」

ベッドから起き上がり、蓮の手を取った。


バスルームの壁に背をもたせると、バスタブの縁に片足を乗せた。

大きく開いた脚の間に、蓮の頭が見える。

その目が、バスルームの光の中で、自分のヴァギナを凝視めているのだと思うと、覚悟よりも緊張が先に立って、一向に出る気配がない。

「やっぱり無理よ」と思っていると、蓮は待ち切れないのか、燿子の緩んだ裂け目にそっと中指を入れた。

驚いて、一瞬身を引いたが、入ったのが彼の指だと知ると、お腹の力を抜いた。

と、裂け目は素早く口を閉じて、彼の中指を咥《くわ》えるかたちになった。

蓮が、ヴァギナのなかに入った指で、彼女の官能の芯を探り当て、執拗に攻撃している。

その指の動きに合わせて、燿子は何度も叫び、身をよじった。

やがて蓮が、根元まで入った中指を抜いて、それを舐めた。

「いやらしい」

燿子が含み笑いで言うと、

「早く……、飲ませて」

と、蓮がせがむ。

燿子は頷いて、彼の頭を両手で摑み、自分の方に引き寄せた。

小水の的が蓮の口にいくように腰を捻ると、そこで静止し、瞼《まぶた》を閉じた。

精一杯リラックスして、小水が出るのを待つ。

「弥勒菩薩《みろくぼさつ》みたいだ……」

「ばか」

そのとき、彼女の裂け目から、静かに細い糸が垂れた。

跳ねる滴が光り、蓮の額に拡散した。

光は、瞼から鼻を濡らし、口の端まで届いた。

蓮の顔の上に、さらに新しい光が降り注いだ。

その光を浴びながら、蓮は燿子の小水を、聖水でも浴びるかのように、恍惚と飲み込んだ。

蓮が涙を流している。嬉しそうな顔で泣いている。

この男は、よりによって私の排泄物を飲みながら、こんな風に泣いてくれている……。

燿子は、この世にそんな男がいることが、信じられなかった。

やがて、彼女の目にも涙が溢れ、しゃがみ込むと、彼の頭を力強く抱きしめた。

そして二人は、しっかりと抱き合い、声を上げて泣いた。

20

別れのときは、呆気なくやってきた。

札幌に、ひと足先に秋が訪れ、燿子の暮らす湘南の樹々も、色づき始めた十月のある朝。

蓮から送られてきたラインに、思いがけない文字が綴られていたのだ。

——唐沢燿子さま
　この十ヶ月、ほんとうに優しくしていただき
　ありがとうございました
　考え抜いた末に、終わりを決意しました
　一方的ですみません
　これを最後に、ＦＢは閉鎖させてもらうことにします
　ラインもブロックします
　私は、あなたが考えているような男ではない！

燿子は、何が何だかわからなかった。

ただ狐につままれた感じだった。

しばらくすると、蓮が思いついたジョーク、いたずらではないかと思った。

八月までは毎月一度のわりで、会いにやってきた蓮が、この九月と十月は仕事の休みが取れないと言って、逗子に来ることができなかった。

でもそのあいだ、毎日のようにラインや電話のやり取りをして、愛の言葉を重ね合っていたのだ。

そして、十月の最終週に入った昨日、燿子が、「十一月の予定を立てたいの。何日頃に来られそう？」と送った問いに、蓮から来た返事が、思ってもみない別れの宣告だったのだ。


——私は、あなたが考えているような男ではない！


つい昨日までのラインでは、「燿子さん、会いたいよ。あなたと、したくてたまらない」と、甘い言葉を繰り返していた蓮の気持ちが変わってしまったとは、どうしても思えなかった。

彼はどうして突然、こんな別れ方を選んだのか。いくら考えても、理由が思い当たらない。

燿子は混乱と不安のなかで、ＳＮＳにアクセスしてみた。

フェイスブックのアカウントは早くも消されていて、何度ラインを送っても、ついに既読になることはなかった。

電話番号は、ライン電話で間に合っていたので、聞くこともなかった。

無論、住所さえ知らない。

燿子は改めて、ＳＮＳで出会った男のことを、何ひとつ知らないという現実に、呆然となった。

理由を考えて、眠れない夜が何日も続いた。

どんなに思い返しても、蓮が燿子の前で、一度として不快な様子を見せた記憶がないのである。

「一緒に死ねたら、どんなに幸せだろう」と、何度も言っていた。

燿子の足もとで歓喜の涙を流し、尿をせがんでは、恍惚と飲んでいた。

それでも彼は、終わりを選んだのだ。

そんな決意をしなくてはならないほど、苦しんでいたのだろうか。

私はそれほどまでに、彼を追いつめていたのだろうか。

もう二度と会えないと思うと、身を切られるほど辛かったが、何とか彼を探し出して、追いかけようという気にはならない。

押しつぶされそうな喪失感の一方で、「これでいいのだ」と、思っている自分がいた。

蓮と出会ってからの約一年のあいだ、なぜ自分は彼の住所も、電話番号も、聞かずにきたのだろう。

彼との関係に深入りしていけばいくほど、蓮のことを、もっと知りたい気持ちにもなったが、そのたび、その欲求を否定してきた。

傍目には変態と思われようとも、この一年、誰にも知られず、どんな邪魔も入れずに二人だけで築き上げた、虚構の愛の世界。

蓮との恋は、虚構だったからこそ、あれほど没頭できたのだ。

私は、無意識のうちにそれを選んできたのではなかったか。

別れのときがこんなに早く来るとは思わなかったが、いつか終わるとわかっていた。

二人とも、全身全霊でお互いに向き合ったという満足感がある。

純粋な恋は長くは続かない。まさに、これまでの燿子の持論通りだった。

そして彼女は、なぜか、自分を求め愛してくれていた蓮の気持ちは、今も変わっていないと思っている。

「私に残された人生はもう限られているわ。蓮ちゃん、死ぬまで愛していてね」

「勿論だよ。離れるなんて考えられない。それに、燿子さんは、少なくとも九十までは生きると思うな」

　そんな言葉を、疑いもしなかった。

「私の夢はね、臨終のベッドで、蓮ちゃんに、おまんこを舐めてもらいながら、息を引き取ることなの。そのときはしてくれる？」

「勿論。舐めてあげるよ」

　そんな戯言を、何度も言い合っていたのだ。

「それよりボクは、もう一度燿子の書いたドラマが見たい。まだまだ書いて欲しいんだ」

　確かに、蓮と出会ってから一年近くのあいだ、燿子は、挑戦していたシナリオの執筆も、サックスの練習もそっちのけで、彼との恋だけに打ち込んできた。

「身体」の大切さを蓮に教えてもらって、燿子ははじめて、本当の自由を手に入れることができたのだ。

　ひとり、蓮の前では、いつも屈託なく、無邪気でいられた。

　自分を解き放てた嬉しさに浮かれて、彼が発していた信号を見逃していたのだろうか。

　私が理解していた蓮と、彼の実像とのあいだに、見えないズレがあったのか。

「このまま燿子さんといると、ボクは破滅してしまうよ」

　そんな言葉も、愛情表現と受け取っていたのだから。

　その一方で、また考えている。

また何ヶ月か、何年か先には、蓮が、「燿子さん。会いたいよ」と言ってくるときが、あるかもしれない、と。

今、燿子の身体の中には、蓮の痕跡がはっきりと残っていた。

彼のすべすべした肌を思い出せば、すぐに子宮が疼き出す。

この感覚も、ときが経てば、はかなく消えてしまうのだろうか。

老いた身が受け入れるには、痛すぎる別れだったが、これがＳＮＳで出会った二人の、恋の終わりなのだった。

21

蓮の別れのラインを読んで一週間後、繁美と、美希子と、潤に会うため、西麻布の割烹『深村』に行った。

彼女たちとこうして四人揃って会うのも、ほんとうに久しぶりだ。

一年近く会わないあいだに、皆の日常も少しずつ変化していた。

繁美が揺るぎない幸福のなかにいるのは相変わらずで、今日も、孫娘の結婚が決まりそうだと、嬉しそうに語っている。

「大学を出たばかりなのに、どうしてそんなに急ぐのよ。結婚は、もっといろんな人と出会ってからでいいんじゃないの？　と私がいくら言っても聞かないのよ」

　繁美は言うなり、バッグからスマホを出して、

「見て、見て。もの凄いハンサムだと思わない？」

　と、まるで自分の恋人のように、孫娘の婚約者の写真を見せるのだ。その姿が、いつもながら愛らしい。

　潤は、夫の孝之の死をやっと受け入れられるようになったと言うが、ひとり暮らしの淋しさはまだこたえるようで、最近、犬のロボットを手に入れたそうだ。

「犬のロボットなんかと、話をしているの？」

「そうなの。ほんとに頭のいい子でねぇ。私の気持ちをわかってくれるし、癒されるのよ。ロボットだってちゃんと性格もあるし、成長もするのよ。燿子も飼いなさいよ」

　が、今の燿子は、とてもペット・ロボットなど飼う気になれないのだった。

　四人のなかで、いちばん変化があったのは美希子だった。

　四十年も不倫関係にあった青柳先生が、最近、認知症になってしまったのだそうだ。

「奥さんがね、とても家では看《み》られないから、施設に入れることにしたと言うの。それではあんまり可哀想だから、『私が看ます』と言ってみたのよ。そしたら奥さん、何て言ったと思う？　『そうしてくれると有難い』って」

　と笑っている。

「あなた、本気なの？」

「勿論本気よ。あれだけ絶対離婚はしないと言い張ってたのに、やっと承諾してくれたわ」

美希子は、七十にもなっての過酷な老々介護も覚悟の上で、認知症になった恋人を、自らの意思で引き取ることにしたのだ。

青柳先生は、たしか美希子の三歳上だったから、まだ七十三だ。

認知症の介護は、先の見えない長い日々だと聞いている。

「私の家をバリアフリーにしたのよ。その改築工事も済んだところ」

と、美希子は迷いなど微塵も見せず、満足そうに言うのだった。

青柳先生はこの先、美希子と重ね合った四十年の歳月も、すっかり忘れてしまうだろう。じきに、美希子の顔さえ、わからなくなってしまうかもしれない。

それでも、同じ屋根の下で暮らしていれば、彼女は、孤独を感じずに済むのだろうか。

美希子が、青柳先生とともに暮らすのは、彼女が四十年願い続けた夢だった。それがやっと叶うなら、私たちこそ祝福と応援をしてあげたい。三人の変わらぬ気持ちだった。

「燿子はどうしていたの？」

美希子が自分の話を切り上げ、訊ねてきたので、一瞬、躊躇いの間を置いて答えた。

「恋をしていたの」

「やっぱり。ぜんぜん連絡がないから、そんなことじゃないかと思っていたわ」

「どんな人？　勿論年下よね？」

「十五も下だったけど」

と、すでに過去のこととして話している。

繁美たち三人は、「そんなこと、珍しくも何でもないわ」という顔で、燿子の次の言葉を待っている。が、詳しい話をする気にはなれなかった。

「もう終わったのよ。それより、紗江の所に男の子が生まれたわ」

三人の目がぱっと輝いた。

「それはおめでとう！」

と口を揃え、ひとしきり孫の話に花が咲いた。

彼女たちには、燿子の恋の話よりも、生まれた孫の話題のほうが、よほど興味があるようだ。

それぞれが、年相応に生きることを大事にしながら、確実に訪れる死に向かって、それぞれの日常を紡《つむ》いでいた。

なかなか「年相応」に価値を置けない燿子は、こうして皆といるときに、ひとりでいるときにない孤独を感じている。

22

サイドボードの上の写真立てには、二人で自撮りした笑顔の写真。箪笥の引き出しを開ければ、蓮のパジャマ。そして壁には、蓮がお土産に持ってきて、額に飾った札幌のプラタナスの落ち葉……。

部屋のあちこちに、蓮の思い出が刻まれていた。

海岸を散歩していても、向こうから蓮が駆けてくるような錯覚に陥ってしまう。

でも、そうした追憶には、以前、亮介や重信と別れたあとのような、痛さがないのだった。

蓮とのあいだでは、心の消耗がなかったのと、身体に刻印された記憶が鮮明で、目を瞑《つむ》れば、すぐに別れる前のよろこびを、思い出すことができる。

愛の胚胎《はいたい》。目の前から蓮の姿が消えても、いや、実像が消えたからこそ、胎内に宿った愛が動かぬものになったと思える。

そして、蓮が燿子に与えてくれたものは、「ありのままでいい」という絶対の肯定だ。

他の誰の前でもできなかった「私自身」でいることが、蓮とのあいだでは無理なくできていた。

だから、悲しいけれど前向きでいられる。

早くシナリオを書く作業に戻って、本来の自分を取り戻さねばならない。でも、蓮との濃密な時間を経験した今、認知症になった妻を夫が殺すなどという題材では、もう書きたいとは思えなかった。

あの原稿は捨てて、新しいテーマに取り組むことにしよう。

でもその前に、これから迎える人生の最終ステージをどう生きていくのか。

もう一度考えたくて、数日のあいだ、日本を離れることにした。


羽田を発つ前夜、居間のソファに蹲《うずくま》って燿子は、蓮と交わした夥しい量のラインを読んでいる。

「燿子さん、会いたいよ。あなたと、したくてたまらない」

「一緒に死ねたら、どんなに幸せだろう」

そんな言葉が、いくつも並んでいる。

今にも蓮の、澄んだバリトンの声が、聞こえてくるようだ。

ラインの画面をスクロールしていくと、最近のやり取りは、出会った頃のものと大きく違っているようであり、ずっと同じことを言い合っているようにも思える。

最初は探り合いに終始していた会話が、次第に、互いのことを熟知しあい、正直な思いをぶつけ合えるようになったとも思える。

——私は誰のものにもならない。
どんなに誰かを愛しても。
それがこれまでの人生で学習してきたことよ。

——わかってる
あなたには触れてはいけない何かを感じている
崇めているみたいな
ボクのマドンナ的存在でもある
幻想かな

——幻想です。

——しばらく一緒に歩いてないけど
今でもボクの前を歩くのかなあ

――そうなの？　私はまったく意識してなかったわ。

また前を歩いて、がっかりさせるかも。

――がっかりなんてしないよ
ボクがあなたの背中を見ていた時
燿子さんは何処を見ていた？
前しか見てないでしょう？
それがボクたち二人なんだよ
並んで歩かなくていい
あなたはあなたらしくしていたらいい

そうだ、蓮はこの一年近くのあいだ、懸命に私を理解しようとしてくれていた。受け止めようとしてくれていた。

私は、蓮ほどに、彼を理解するための努力をしただろうか。

アムステルダムも、美しい秋の終わりを迎えていた。

街中を、網の目のように張りめぐらされた運河に沿って、いくつもの公園があり、ついこのあいだまで黄金色に輝いていた、木々から落ちた枯葉が、地面を覆っている。

さまざまな肌の色の人びとが、自転車で行き交っている。

耳慣れない言葉が飛び交うなかにいると、格別な自由を味わうことができる。燿子は、これまで旅した世界じゅうの何処よりも、このアムステルダムの街が好きだった。

そして旅には、確実に自分を取り戻させてくれる力があった。

レンブラントの家を訪ね、美術館でゴッホやフェルメールの絵を飽くことなく眺め、街をウインドウショッピングをしながら、ゆっくりと歩くうち、次第に蓮と二人で過ごした一年の愛の日々が、遠のいていくようだ。


到着して四日目、アムステルダムで過ごす最後の朝を迎えた。

船に乗るには寒過ぎるようにも思ったが、クルージングはアムステルダムに来るたびにしていることだ。欠かすわけにはいかない。

河畔の船着場でチケットを買うと、ボートに乗った。

水の上を、身が縮むほど冷たい風が吹き抜け、船がゆっくりと運河の上を滑っていく。

ふと、ベッドの上で、自分の身体をまさぐる蓮の姿が思い出されて、またも涙がこみ上げる。

忘れられないなら、忘れなければいい。

思い出すのが辛くなければ、思い出せばいい。

昨日までは自分に禁じていたことを、今日は許していた。


船を降りると、時計は正午を回っていた。

ビールを飲みながら、オイスター料理に舌鼓《したつづみ》を打つうち、ようやく冷えた身体も温まってきて、レストランを後にした。

運河沿いの道を、どのくらい歩いていたのだろう。

気がつくと中央駅に近い、港に出ていた。

岸壁には、何隻もの大型クルーズ船が係留されて、目の前にひろがる運河の川面が、霧《きり》にけむりはじめていた。

並んだベンチのひとつに女性が座り、その前で五歳くらいの男の子が、女性の膝元に屈みこんでいる。母と息子だろうか。

何をしているのだろう?

近づいていくと、女性の膝の上に乗っているのは、一羽のカモメだった。

母親が、バッグから取り出した白い布を、カモメの足に巻いてやっている。

覗き込んでいる燿子に気づいて、母親が顔を上げた。

「怪我《けが》をしてるんですか?」

「そうなの。あの、錨につないだ船の鎖《くさり》があるでしょう？　そのひとつに引っかかって、足を抜こうともがいているのを、この子がみつけたんですよ」

「血を流していたんだよ」

少年が痛ましい顔で言った。

「この子がしょっちゅう転んで、膝を擦《す》りむくものだから。薬と包帯を、いつもバッグに入れておくんです」

そんな説明をするうち、母親はカモメの足の治療を、手際よく終えていた。

「さ、もう大丈夫よ。放してやりましょう」

「飛べる？」

「ええ、もう飛べると思うわ」

母親は、足に白い包帯を巻いたカモメを、息子の腕に預けた。

そして、息子が岸壁に向かって歩いていく後ろを、母親と燿子がついていく。

「リカルド。さ、飛ばしてあげて」

母親が少年の腕に手を添えて、少し持ち上げると、少年が手の中のカモメを、空に向かって放した。

と、元気に羽を広げ飛び立って、あっという間に霧の中に消えていった。

カモメが飛び去った方角の空を、母と子が見送っている。

「ママ、もう大丈夫？」

「大丈夫よ。よかった。飛べたね」

そう言い合うと、母と少年は、燿子に別れを告げて去っていった。

燿子は、再び空を見上げ、飛び去ったカモメの残像を追いながら、傷ついたカモメに、蓮の姿を重ねていた。

あのひとは、カモメになって、遠く、雲の彼方に去っていった。

もう二度と、私のもとには戻ってこないのだ……。

「蓮ちゃん、ひどいよ。私が求めていたのは、こんな泣き方じゃなかった」

激しい嗚咽がいつまでも止まらず、しゃがみ込もうとしたとき、河の水面から、一陣の風が吹き上げた。

「ボクはね、燿子さんの潔さが好きなんだ。あなたはいつも、凜としていてね」

風に乗って、蓮の声が聞こえた気がした。

やがて、両手で頬の涙をぬぐうと、コートの襟を立て、背筋を伸ばし、駅の方角に向かってまた歩き始めた。

23

年が明け、燿子が蓮とはじめて会った日から、丸一年が過ぎた。

アムステルダムの旅のあいだは、蓮との別れを受け入れることができそうに思えたのに、こうして逗子に戻ってみると、部屋のいたる所に、そして身体のなかに、蓮の面影や、声や、仕草の記憶が居座っている。

時間薬が効くのを待ちながら、ただ虚しい日々が過ぎていった。

ＳＮＳを開けば、ラインにも、フェイスブックのメッセンジャーにも、二人で送り合った、膨大な量の言葉が残っている。

――しかし、淋しい女

――淋しい、私が？

――そう見えるかな

——最初からわかっていた？
淋しい女と。

——わかっていた
でもあなたはそれを出さない
だから惹かれた

——嬉しい。泣ける。

——ボクは群れる人はだめ
ボクにもそんな面があるけど
あなたは信じたことに突き進む
なかなかできないことだよ
みんな信じることが何かもわからなくて
別のことをしてごまかしている

もう、こんなやり取りも、二度とできないのだと思うと、喪失感に胸がつまった。

蓮の声が聞こえるようで、いつまで読んでいても飽きないのだった。

蓮の言葉をたどるうちに、手が、いちばん敏感な部分に伸びて、そのたび抱き合っている気持ちになってしまう。

そんなある日、昔一緒に仕事をしたテレビ局のプロデューサーから電話があった。

多分ファンレターだろうが、燿子宛ての手紙が届いている。近くに来るついでがあったら、顔を見せに来ないか。久しぶりにお茶でも飲みながら、近況を聞かせて欲しい。そんな内容の電話だった。

「お手数をおかけして申し訳ないけど、手紙は送っていただけますか」

と、短く答えて電話を切った。

蓮との濃密な一年を過ごして別れた今は、過去の人びととの縁も、すべてが遠いかなたのことに思える。誰かと会って気を紛《まぎ》らわすよりも、ひとり、蓮の記憶をたどっていたかった。

そして二日後、プロデューサーから封書が届き、転送されてきた和紙の封筒を見て、衝撃を受けた。

差出人の名に「沢渡典子《のりこ》」とあったのだ。

「沢渡」などという名前は、どこにでもあるものではない。

送り主の名は、蓮の妻だと直感した。

動悸《どうき》を抑え、封を開くと、その内容はあまりに思いがけないものだった。

拝啓
唐沢燿子先生。
はじめてのお便りを、テレビ局に差し上げる失礼を、お許しください。
私は、十一月二十日に札幌の転落事故で死んだ、沢渡蓮の妻、沢渡典子と申します。

死んだ?

蓮が、転落事故で死んだ?

便箋を持つ手がガタガタと震え出した。

一方で、悪い悪戯のようにも思えて、先を急ぐ。


死んだ夫が、昔から唐沢先生のファンだったことは、すでにご存知だろうと思います。

あれは去年の一月頃だったでしょうか。

彼が久しぶりに東京に行ったとき、憧れの唐沢先生とお会いすることができたと、嬉しそうに話してくれました。

そのときの彼の顔を思い出しているうちに、私からもひと言お礼が言えたらと思い、お便りを差し上げることにしました。

「唐沢先生は、一ファンに過ぎない僕に、本当に優しくしてくださった。思った通りの方だったよ」と、嬉しそうに言っていたのです。

唐沢先生。ありがとうございました。

夫は、あのような不慮の事故で、突然あの世に行ってしまいましたけど、生きているうちに先生にお会いできたのを、きっと今も天国で、喜んでいると思います。もし今後、先生が講演などで札幌にいらっしゃることがありましたら、ぜひお声をかけて頂き、先生とお会いした折の、彼の様子などを聞かせて頂けると嬉しく存じます。

ご迷惑かもしれませんが、私の携帯の番号をお伝えしておきますね。

０８０－××××－××××。こちらにお出かけの折は、いつでもお電話ください。

まだまだ寒い日が続きます。唐沢先生もどうぞ、お風邪など召しませんようお気をつけて、益々いいお仕事をなさってくださいませ。

敬具

沢渡典子

唐沢燿子様

手紙を読み終えたあとも、どうしても現実に起きていることとは思えなかった。

送り主が蓮の妻だかどうかもわからない。

本人が気まぐれに思いついた悪戯、ということだって考えられる。

十一月二十日といえば、燿子がアムステルダムに着いた翌日だった。

もう、二ヶ月近くが過ぎている。

その間私は、彼が死んだことさえ知らずにいたというのか……？

身体中をかけめぐる激しい動悸は、いつまでもおさまる気配がなかった。

燿子はデスクに駆け寄ると、パソコンを開いた。

サイトニュースをクリックして、震える指でスクロールしていく。

が、十一月下旬のニュースの中には、いくら探してもそれらしき記事はなかった。

続いて、北海道の地元紙北陽新聞のサイトを呼び出し、同じように探していく。

あった！

「札幌でビル工事の足場から落下。五十六歳男性が転落死」

見出しを見つけ、読み進めていくと、そこに彼の名があったのだ。

「十一月二十日未明。札幌市内のビル建設現場で、七階の足場から男性が落下。近くの病院に搬送後、午前五時四十分、死亡が確認された。男性は現場監督の沢渡蓮さん。五十六歳。札幌中署は事故死と断定している」

それだけの短い記事だった。

読み終えた燿子は、パソコンの画面を茫然と眺めたまま、時間が止まってしまったようだった。

この記事だけで、蓮が死んだことを、事実だと認めろというのか？

そんなの無理だ！

やがて燿子は、気を取り直して寝室に行くと、タンスからグレーのフラノのワンピースを取り出し、外出をするため、身支度を始めた。

手紙には電話番号があるのだから、送り主に電話をかければ、確かなことがわかるのだろう。が、そんなことは、とてもできそうにない。とにかくもう少し調べてみよう。

マンションを出て、逗子市立図書館に向かう道を歩いていたとき、燿子の頭の中には、あまりに現実感のない「蓮の死」の代わりに、もうひとつ、突きつけられた現実が渦巻いていた。

蓮は結婚していた。妻帯者だった。

考えながら、すでに知っていたことのようにも思える。不思議な感覚だった。

ＳＮＳでのやり取りが始まった最初のうちは、妻がいるかもしれないと考えては、確かめる必要はないと、そのたび考えることを避けてきた。

しかし先ほどの手紙には、去年の一月に、蓮が東京に来たという事実も記されていた。

とても嘘や悪戯とは思えない。

「私は、あなたが考えているような男ではない！」

彼が終わりを選んだ理由は、そうか、これだったのか……。

蓮は、愛を疑わない私の、年甲斐もない無邪気さに、嘘をつき続けることが辛くなっていたというのか。

妻と私の間で苦しみ、どちらかを選択しなくてはと迫られる気持ちになって、私との別れを選択するしかなかったのか。

アムステルダムにいるあいだも、彼が自分を嫌いになって去っていったとは、どうしても思えなかった。何か別の理由があるに違いないと考えていた。

けれど、「妻がいるのでは？」という想像は、露ほども浮かばなかった。

それほどまでに、蓮が妻帯者である可能性を否定したかったのか……。

でも、今それを事実と受け止めれば、すべてのことに合点がいく。

そして改めて、認めざるを得ない。

彼に嘘をつかせたのは、ほかでもない、自分だったと。


逗子市立図書館に着くと、十一月二十日以降、数日の北陽新聞と、同じ日付の全国紙を借り出して、窓辺のデスクに座り、札幌の転落事故の記事を漁《あさ》った。

そしてやっと、北陽新聞に二つ、全国紙に小さな記事をひとつ見つけて読み終えた。

と、突然、新たな疑念に襲われて、心臓が早鐘を打ち始めた。

ほんとうに事故だったのだろうか……。もし自殺だったとしたら……。

しかし燿子は、慌ててその疑いを打ち消すと、じきに平静を取り戻した。

自殺だったらどうだというのか。妻と自分との三角関係に苦しんで？

あなたは、そう思うほうが救われる？

燿子は、そんなことを考えてしまう自分の愚かさを呪った。

真実がどうであったにせよ、これ以上の事実を確かめる術はない。蓮が死んだという現実も、動かない。

SNSで、素性もわからぬ男と恋に落ち、それを逆手にとって、リアルな日常から逃げていた。それが七十一歳の自分がしたことだった。


カーテンを開けたままのガラス戸の向こうで、空が白みかけていた。

壁の時計は、午前五時近くを指している。

図書館から戻って、ソファの上で膝を抱えたまま、もう半日以上経っていた。

蓮は、工事現場から落ちるとき、自分の死を知っていただろうか。繰り返し頭に想像したことを、また考えている。

人は、誰でも死ぬ。

それは、動かぬ、絶対的な真理である。

が、死ぬ人は、自分の死を、最後までは自覚することができない。

死は、その人がどこかの時点で意識を失ったときに、完遂されるわけではないからだ。

医学的には、心臓が止まったときが死であるなら、誰もがその瞬間を自覚することができぬまま、「無」に帰する。それが死だ。

ならば彼の意識は、どこで途絶えたのだろうか。

死んだ蓮は、燿子と交わした膨大な量のラインの会話を、もう知らない。永遠に。それを知っているのは、世界じゅうで私ひとりきりだ。

そのとき燿子は、蓮がやっと自分のところに戻ってきた、と感じていた。

今では彼自身が二度と読み返すことができなくなった、フェイスブックやラインの言葉の数々。それらは紛れもなく、蓮の生きていた証だった。

そして、本人にはそこにあるかどうかもわからなくなった生の証を、ひとり、燿子だけが反芻《はんすう》できる。

私が、反芻できるあいだ、蓮は生きている。

三日後——。

新千歳空港は、すでに夕闇に包まれていた。

空港からJRで札幌駅に行き、電車を降りると、スマホを取り出し、手紙にあった沢渡の妻の電話番号を打つ。

そのとき、燿子の耳に、

「ほんとに燿子さんたら！　思いついたら、すぐに行動しないと気が済まない人なんだから」

と、笑う蓮の声が聞こえた気がした。

電話はすぐに繋がって、耳に届いた女性の声に、今しがた札幌に着いたところだと伝える。相手はたいそう驚いたようだった。

「ご都合も伺わずに申し訳ありません。明日にでも、お会いできる時間はありますか」

緊張で声がかすかに震えている。

「いえいえ、明日と言わず、今からタクシーに乗っていらしてください。蓮も喜ぶと思います」

強く勧められて、とうとうそのまま、蓮の家を訪ねることになってしまった。

彼は、小さなマンションかアパートで、ひとり暮らしをしているのだろうと、勝手に思っていた。が、タクシーに乗って伝えた住所には部屋番号がなかった。蓮が住んでいたのは、一軒家だったのだろうか。

気がつくと、タクシーが橋を渡り、豊平川《とよひらがわ》沿いの道を走っていた。

舞い始めた雪が、川面に吸い込まれていく。

やがてタクシーが止まって、川縁《かわべ》りの住宅街で降ろされる。

狭い路地を入ったところに、蓮の家はあった。

二階建ての木造の家は想像以上に立派で、玄関の小さな灯りの下に「沢渡」の表札があった。

燿子は、深呼吸をして気持ちを整え、呼び鈴を押す。

すぐに玄関の灯りがついて、人の影が見えた。

「唐沢先生！　遠くまで、よく来てくださいました」

迎えてくれたのは化粧気のない、色白の女だった。

歳の頃は、蓮と同じくらいだろうか。髪を、頸《うなじ》の根もとで結び、地味な辛子《からし》色のワンピースを着た妻は、蓮の存在感と対照的に、質素で、はかない感じの女性だった。

玄関を上がり、奥の和室に通されると、正面のサイドボードの上に小さな仏壇があった。

白菊の花が生けられている。

隣りで、写真のなかの蓮が笑っていた。

燿子はその笑顔を見た途端、ワッと泣いて蹲りたくなる衝動にかられた。

それを辛うじて押しとどめながら、線香に火をつける。

私はもう七十一だ。どんなことが待っていようと、取り乱すようなことはしない。羽田を出る前に、心に誓ったことだった。

遺影に手を合わせ、目を瞑って、頭の中に浮かぶ蓮の面影を追った。

「こんなに早く来て頂けるとは思いませんでした。札幌でお仕事ですか？」

隣りのダイニングルームで急須に茶葉を入れている、典子の声で我に返った。

「ええ、明後日、函館《はこだて》に用事があって」

燿子は、考えておいた嘘を言って、典子に誘われるままダイニングルームに行き、テーブルに着く。

家のなかには、燿子の知らない、蓮と妻とのたしかな暮らしがあった。

部屋の調度や食器のひとつ一つに、夫婦で慎ましく重ねた歳月の重みが感じられる。

突然襲われた切なさを、振り切るように問うてみる。

「立派なお宅ですね」

「ありがとうございます。夫の夢でしたから」

夫、という言葉が、蓮の記憶と結びつかず、戸惑いを覚えた。

「五十になるまでに、絶対に家を建てるんだと言っていました。それがやっと叶ったときは、ほんとうに嬉しそうでした。まだ五年しか住んでいないのに」

典子は言うと、目頭を押さえた。

やはり、蓮もまた、社会的な上着がなくてはならない男だったのだ。木造りの大きな家が、彼にとっての上着だった。燿子は自分が知らなかった、彼の一面を見たような気がしていた。

そして、蓮がその上着を持てていたことを、喜んであげたいと思った。

「事故の日も、雪が降っていたのですか？」

「いいえ。よく晴れていました。とても用心深い人で、足場から落ちるなんて今でも信じられません」

典子の説明によると、彼女と蓮が結婚したのは、もう三十年近く前のことだという。子どもはおらず、典子も介護ヘルパーの仕事が忙しいのだ、とも話してくれた。

「あの、唐沢先生だから正直に言いますね。夫は、いつも私以外の女性と、仲良くしていました。いつも誰かを、好きになっていたんです」

典子が言って、寂しそうに笑った。

一瞬、燿子の胸に緊張が走る。

この人は、私と蓮の関係を知っていて、呼んだのだろうか。

「最近おつきあいしてた方は、たぶん遠くに住んでいたのでしょうね。珍しく、何日も帰ってこない日があって」

典子の穏やかなつぶやきに、燿子は狼狽した。

彼女は、夫に抱いた疑念を確かめたくて、私に手紙を書いたのか……？

混乱のなかで、羽田を発つ前に、何度も自分に言い聞かせたことを、改めて反芻する。

私と蓮とのことは、けっして口にしてはならない。何があろうとも、それだけは守り切らなければならない。

何日か前、図書館で読んだ新聞記事で、蓮の死が動かぬ事実だったと知ったときから、燿子は、妻に会いに行こうと決めていた。

直感的に、蓮の死を受け止めるには、それしかないと思ったのだ。

妻と会うことが、自分の一年足らずの短い恋に終止符を打つ、「別れの儀式」になるだろう。

でもそれは、燿子の側の勝手な思いだとわかっていた。だからせめて儀式は、妻である人を傷つけることなく、完遂されなくてはならない。

固く誓って札幌まで来たのだったが、こうして蓮の暮らした家で、彼女と向き合ってみると、心は千々に乱れている。罪悪感に押し潰されそうになっている。

やはり、ここに来たのは、間違いだったのか……。と、そのとき、

「先生。聞いていただいていいですか？」

典子が、甘えるように問うてきた。

その目には、自分への全面的な信頼が宿っている。彼女は私と蓮とのことを、露ほども

疑ってはいないのだ……。

「世の中ではよく、夫に不倫された妻は、可哀想な犠牲者のように言われますよね。私も若い頃は、被害者意識でいっぱいで、随分喧嘩もしたんですよ。でも、いつの頃からか、彼のそんなところも含めて、蓮のことが好きなんだと、思えるようになったんです」

「……。嫉妬は、なかったのですか？」

「妻と恋人は違いますもの。あ、これって、蓮がよく言ってた言葉だわ。私、すっかりあの人に、教育されてしまったのかもしれないですね。でも、原因をつくったのは私だから。仕方ないんですよ。セックスが好きじゃない妻を持ったら、男の欲望は外で解消するしかないじゃないですか」

耀子は、押し寄せる後ろめたさを振り切って、尋ねる。

「他の女性に取られるとは、思わなかった……？」

「それは不思議と思ったことがないんです。蓮は、優しい人ですからね。家にいるときは、本気で私を愛してくれましたから」

うっとりと語り、そして、

「必ず私のところに帰ってくると、わかっていましたから」

凛と、言うのだった。

そんな典子の述懐を、耀子はいつの間にか、蓮と典子、二人の母か姉になったような気持ちで聞いていた。

蓮が望んでいたのは、そんな私だったのかもしれない……。

「あ、ごめんなさい。私、ついつい先生に甘えてしまって。唐沢先生ならこんな話も、正直に打ち明けられるような気がして。それでお手紙を書いたのかもしれません。でも、きっと蓮が天国から叱ってるわ。唐沢先生に失礼だよ、もう止めなさいって」

嬉しそうに笑ったかと思うと、突然うつむいて、涙を流し始めた。

その姿を見ていた燿子は、つと立ち上がり、典子の側に行くと、かがみ込み、蓮の妻をしっかりと抱きしめた。

簡単な夕食を作るから食べていってくれないか、と典子が勧めるのを固辞し、近くの駅から地下鉄で帰ると言って、蓮の家を出た。

降る雪は、来たときよりも激しくなっていた。

傘もささず、冷たい風に吹かれながら、豊平川の川辺を歩く。

今、燿子はひとつも後悔していなかった。

蓮の妻を訪ねたことも、自分が一年ものあいだ、彼が妻帯者かどうか確認しなかったことも、そして今日、典子に真実を告げなかったことも。何ひとつ。

地下鉄の駅に続く道に、雪が降り積もって、白さが増していく。

脳裏に、いつか蓮と語り合った、心中のイメージが浮かんだ。

旭川の雪深い林のなか、蓮と二人で雪の上で抱き合い、眠りながら死ぬ。

だが、「一緒に死のう」と言い合った蓮はもういないのだ。

蓮は、死ぬまで私を騙し続けてくれた。

それが、彼なりの誠意だったにちがいない。私に対しても、妻に対しても。

地下鉄のドアの前に立ち、窓の外に降りしきる雪を見ていたとき、ふと、吹雪のなかに蓮の笑顔が見えたような気がした。

「蓮ちゃん、ありがとう」

燿子は、今では幻となった蓮に向けて口の中で言うと、かすかに微笑んだ。

SNSで知り合った時からを数えても、たった一年数か月の短い恋だったけれど、燿子はいま、沢渡蓮という男と出会えてよかった、と思っていた。七十歳を過ぎて、これほどに濃密な恋を経験できたことを、幸運だと思っていた。

そして蓮との愛は、北海道の雪の中で凍結が完了し、私は、またひとり生きていく。

自由に、寂しさを友としながら、私自身のままで。

予約していたホテルに着いて、チェックインを済ませ、部屋に入るとバッグからスマホを取り出した。

妻の典子と会って、自分のなかで生きていた蓮を、彼女に返してあげたいと思ったのだ。

パソコンやスマホのなかに彼の言葉を残していれば、燿子はいつまでもその文字を追い続け、蓮はいつまでも私と一緒にいて、死ぬことができない。

蓮の生きた命の証を、形として残しておくのは、妻の典子だけでいい。

思い出だけなら、いつか忘れていくだろう。

実際に蓮の家に行き、妻である人と会ったから、思えたことだった。

そして燿子は、蓮と交わしたラインとフェイスブックのやり取りを、自分のＳＮＳのアカウントを、一気に、すべて削除した。

あとがき

最後にもう一本映画が撮れるなら、大人の恋愛映画をと思っていました。シャーリー・マクレーンや、ダイアン・キートンが主演したアメリカ映画のように、粋でお洒落な映画をと。そんな私に、

「映画をつくるよりも、小説を書いてみたら？　小説は個人プレイ。コストがかかりません」

と勧めてくださったのは、社会学者の上野千鶴子さんでした。

でも、小説など書いたことのない私が、そんなことできるかしら？　と思ううち、書くなら映画ではできないことをとの欲がわいてきて、「老い」と「セクシュアリティ」という難題に、挑んでみたくなっていました。

私たち団塊世代にとって、「身体感覚」は、長いこと蓋をしたまま置き去りにしてきた大切な問題です。この歳になったからこそ、その宿題に向き合ってみたいと思いました。

早速、集め始めた資料の中に、個人新聞を発行されている志鷹豪次さんのキタセクスアリスをみつけ、それを読んで作品の構想が定まりました。

作中作の昭和五十年代の母子寮の逸話は、志鷹さんの短編にインスパイアされ、書いたものです。

いくつもの鍵をかけていた箱を、ひとつひとつ、乏しい想像力と創造力で開けていき、文字を紡ぐ作業は、まさに個人プレイ。映画づくりにはない愉しさがありました。

書くきっかけばかりか、版元の紹介までしてくださった上野さんと、作品の核となるものを与えて頂いた志鷹さんに、この場を借りてお礼を申し上げます。

また、私の挑戦を、面白がり応援してくださった雑誌「婦人公論」編集長の三浦愛佳さん。中央公論新社文芸編集部の打田いづみさんと唐川知里さん。三人の女性たちの世代を超えた励ましがなければ、原稿はいつまでも私のパソコンの中で眠ったままだったことでしょう。感謝の気持ちでいっぱいです。

最後に、本書を手にとってくださった読者の皆さんにも、心から御礼を申し上げ、明日からも前を向き、歩いていきます。

二〇二一年一月　　松井久子

この小説は書き下ろしです。

装画　緒方 環
装幀　鈴木久美

松井久子

1946年東京出身。早稲田大学文学部演劇科卒。雑誌ライター、テレビドラマのプロデューサーを経て、98年映画『ユキエ』で監督デビュー。2002年『折り梅』公開、2年間で100万人の動員を果たす。10年日米合作映画『レオニー』を発表、13年春世界公開された。15年『何を怖れる フェミニズムを生きた女たち』、16年『不思議なクニの憲法』と2作のドキュメンタリー映画を手がけ、自作の上映会や講演で全国を歩く。著書に『ソリストの思考術 松井久子の生きる力』『最後のひと』ほか。

疼《うず》くひと

2021年2月25日　初版発行
2023年8月25日　9版発行

著　者　松井《まつい》　久子《ひさこ》
発行者　安部　順一
発行所　中央公論新社
〒100-8152　東京都千代田区大手町1-7-1
電話　販売 03-5299-1730　編集 03-5299-1740
URL https://www.chuko.co.jp/

DTP　ハンズ・ミケ
印　刷　大日本印刷
製　本　小泉製本

Published by CHUOKORON-SHINSHA, INC.
Printed in Japan　ISBN978-4-12-005393-1 C0093

中央公論新社の本

よその島

井上荒野

日常がサスペンスに変わる。「殺人者」の存在を知ったから——秘密を抱え離島に移住した夫婦とその友人。やがて謎が解けたとき、景色はがらりと反転する。

単行本

デンジャラス

桐野夏生

一人の男をとりまく魅惑的な三人の女。嫉妬と葛藤が渦巻くなか、文豪の目に映るものは。「谷崎潤一郎」に挑んだスキャンダラスな問題作。〈解説〉千葉俊二

文庫

燃える波

村山由佳

友人のような夫と、野性的な魅力を持つ中学時代の同級生。婚外恋愛がひとりの女性にもたらした激しい変化は――。著者渾身の恋愛長篇。〈解説〉中江有里

文庫